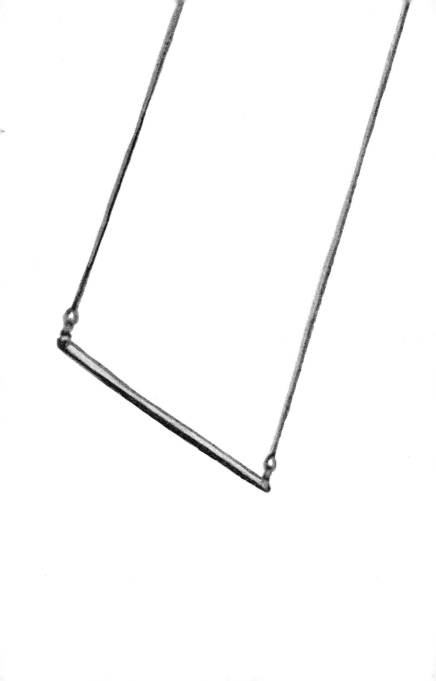

capa e projeto gráfico FREDE TIZZOT
tradução NYLCÉA THEREZA DE SIQUEIRA PEDRA
revisão FERNANDA CRISTINA LOPES
encadernação LAB. GRÁFICO ARTE & LETRA

© Editora Arte e Letra, 2021
© Socorro Venegas
c/o Schavelzon Graham Agencia Literaria
www.schavelzongraham.com

V 455
Venegas, Socorro
A memória onde ardia / Socorro Venegas; tradução de Nylcéa Pedra. – Curitiba : Arte & Letra, 2021.
100 p.

ISBN 978-65-87603-19-3

1. Literatura mexicana   I. Pedra, Nylcéa   II. Título

CDD 860.9

Índice para catálogo sistemático:
1. Contos : Literatura mexicana   860.9
Catalogação na Fonte
Bibliotecária responsável: Ana Lúcia Merege - CRB-7 4667

ARTE & LETRA
Curitiba - PR - Brasil
Fone: (41) 3223-5302
www.arteeletra.com.br - contato@arteeletra.com.br

Socorro Venegas

A MEMÓRIA ONDE ARDIA

exemplar nº 011

Curitiba
2021

ÍNDICE

Pertences..9
O colosso e a lua....................................15
A memória onde ardia..........................21
O nadador infinito.................................25
As moradas do ar..................................31
A gestação..49
Como flores...55
História de uma lágrima.......................63
Ilha negra...67
Anagnórise...75
O ar das borboletas...............................81
O vazio...85
Via Láctea..89
Real de Catorce.....................................93
O fogo da salvação................................99
A morte mais branca...........................103
Uma viagem com obstáculo...............109
A solidão nos mapas...........................115
A música da minha esfera..................119
Sobre a autora.....................................125
Sobre a tradutora................................127

para Marcelo

PERTENCES

Quem viu tudo se esvaziar,
quase sabe com o que tudo se preenche.
Antonio PORCHIA

TUDO ESTÁ CONTIDO ALI. A solidão, o uivo de um cão que se afunda na areia, o peso branco de lembranças cristalizadas. O som do vento, seus estilhaços, o velho que acaba regendo cada ato de nossa vida. O coração sem a sua avidez. O puro aço do desamparo.

Virei em direção a Pablo: Você também quer que eu leve isso?, perguntei apertando contra o peito a velha reprodução de uma pintura de Goya. Me disse que sim. E completou de maneira quase cínica: Quem não é ou já não foi um cão semiafundado? Assenti. Quem?

Não espero nenhuma gentileza de ninguém. Não espero amabilidades do mundo. E acho que não preciso me desculpar por isso. Me olho sem vontade, sem interesse, como se vivesse para alguém distante. À noite, quase sempre faço uma lista rápida das coisas que aconteceram durante o dia: um monólogo, uma ladainha, para quem?

Numa manhã, da noite para o dia, o meu marido morreu. Assim que consegui me mexer, naqueles dias de luto, coloquei o anúncio. Pablo me ligou para perguntar sobre a oferta em uma revista *Compro e Vendo*: "Troco todos os móveis, utensílios e acessórios da minha casa por outros". Foi assim que o conheci. Foi a única pessoa que ligou. Não demorou muito e estávamos frente a frente, muito sérios e concentrados. Nenhum dos dois quis saber por que o outro estava disposto a trocar suas coisas. Quem sabe para não nos olharmos nos olhos, começamos a escrever enquanto falávamos. Listas e descrições de mobiliários que doíam no ar, nos ossos, na pele.

Era bom me afastar dos meus pertences.

Eu fui primeiro ao apartamento branco e espaçoso de Pablo. Verificamos a lista, calculamos, e ele me entregou de uma só vez o liquidificador, a torradeira e os utensílios de cozinha. Colocou tudo em uma caixa e afirmou, aliviado: Não uso nada disso, sempre como na rua.

Em um dos quartos, Pablo tinha muitos brinquedos, quase novos. Também uma cama de solteiro. Me advertiu, como se invocasse uma cláusula: Você tem que levar tudo. Encolhi os ombros. Ele saiu do quarto, pálido, enquanto eu deslizava os dedos sobre as teclas de um pianinho.

O trato era este: cada um encaixotaria e prepararia a mudança do outro. Assim nos esquivávamos da memória voraz dos objetos.

Às vezes, sonho. Meu morto me visita.

A cada manhã, ao abrir os olhos, penso com assombro ao olhar para o teto branco: ele partiu. Minutos depois, confirmo: ele partiu. E já não sinto um estilete cortando o meu coração. Passou. Chegou o momento de dizer: eu mudei. Torcer para que seja verdade. Eis a nova ordem da vida: ele morreu/eu mudei. Mas, porque a transformação se impôs, abrupta, mudar doeu. Eu não precisava ter me tornado esta atribulada solitária.

Pablo fingia se interessar pela minha televisão, contar os livros, folheá-los, ligava e desligava o aparelho de som como se estivesse hipnotizado pela luz vermelha do interruptor. Assim como eu, ele não estava nem aí se era Sony ou Samsung. Entreguei a garantia para ele, ainda dentro da validade. Fez de conta que a lia, e à queima-roupa disse: você tem cara de trinta e cinco. Você tem trinta e cinco? Não. Fiz vinte e oito tem pouco tempo. Ah, continuou, desinibido, também envelheci de repente. Me dão no mínimo quarenta e eu acabei de fazer trinta e dois. Vi os cabelos brancos. Continuou olhando aparelhos eletrônicos, brincando com interruptores em todos os cômodos da minha casa.

Fui até o espelho, com a curiosidade de quem espia o vizinho.

Às vezes acordo e não abro os olhos. Peço com todas as minhas forças: você pode voltar? Nego a tumba. Os seus parentes. Um epitáfio.

Aconteceu algo singular depois da morte do meu marido: os que vinham me consolar, me confessavam segredos. Veriam em mim um filtro pelo qual suas dores poderiam escoar? Os escutava, atordoada pelos mistérios que guardavam. E eu achava que conhecia essas pessoas! Adultérios, suicídios frustrados, alguém confessou ter desconectado o oxigênio para que o avô não sofresse mais. Fique feliz, o teu marido não se descompôs em uma cama de hospital, agradeça porque foi rápido, considere que. Estava exausta.

Amanhã o Pablo vem encaixotar tudo.

Eu quis que ele desmontasse primeiro o closet. Mas isso..., parou e fez um gesto desesperado ao ver a roupa, os sapatos. Me encarou com pesar. Disse a ele que era como os brinquedos, ele tinha que levar tudo. Suspirou e começou a tirar camisas, calças. O smoking! Pablo foi para a frente do espelho e vestiu o paletó: ficou enorme. Rimos. Decidi deixar que trabalhasse sozinho e saí da minha casa. Fiquei perambulando pela rua, entrei no cinema e vi três filmes seguidos. Com os olhos baixos, passei de uma sala para a outra. Devagar.

Não parava de pensar em cada uma das coisas que Pablo estaria tocando... os objetos o recusariam por ser um desconhecido? E quando eu pegasse as coisas dele? Os brinquedos quebrariam na minha mão? É possível morrer de desespero pensando em como uma poltrona sobrevive a um ser amado. E o que dizer das facas, das colheres, dos garfos? Eles não têm limite.

Quando voltei, o caminhão de mudança começava a sua viagem e Pablo me esperava. No dia seguinte, trariam as suas coisas para mim. Enquanto isso, éramos duas pessoas com a página em branco. Com a casa sem memória. Eu passaria a noite em um saco de dormir. Nos despedimos cordialmente, sem nos olharmos nos olhos. Delicados e atentos, sabíamos que a nossa fragilidade era a única coisa que tínhamos para cuidar.

É possível dizer que alguém morreu cedo? Quem pode saber quando é a hora?

Sem Pablo, seus pertences chegaram pontualmente. Tirei a reprodução do *Cão semiafundado*. Pendurei na parede, em cima da minha cabeceira. Em silêncio, o deserto escorre sobre mim. Em silêncio, nos submergimos. Sós.

Num domingo de inverno, na entrada do cinema, escutei o meu nome. Quis saber de onde vinha aquela voz agradável e olhei em volta. Então, aos ver os olhos de Pablo, soube o que continham os meus. Não conseguimos evitar, foi como ficar nus, com nosso medo e nosso frio expostos entre as pessoas. O abraço de Pablo não era de pêsame. Pela primeira vez, depois de muito tempo, um abraço não me remetia à ideia da morte. Não me compelia a dizer "obrigada". Naquele gesto, quisemos deter o afundamento da criatura funesta em que nos tínhamos transformado. Sem coragem, sem compaixão. Talvez para pôr fim, de uma vez por todas, à troca que pactuamos.

O COLOSSO E A LUA

A LUZ BRANCA DESLIZA pelo seu corpo de gigante, como o sonho nos olhos arregalados da menina. No fundo dos olhos de Andrea, há um homem imenso sentado na beira da terra, a cabeça inclinada em direção à lua. De onde veio esse colosso para habitar o seu sonho?

Está cansada. Mal consegue abrir os olhos. Na boca, um gosto amargo e seco. Procurou seu pai o dia inteiro, andou pelas ruas do bairro, entrou nos bares, bateu na porta de cada um dos conhecidos e só recebeu negativas. Não estava muito preocupada em encontrá-lo, mas sua mãe ficaria furiosa se não o levasse de volta para casa.

A busca a levou a ultrapassar os limites do bairro, a visitar um território desconhecido. Na esquina, algumas meninas brincavam de amarelinha. Andrea quis deixar ao acaso a decisão de ir mais longe ou voltar para casa sem novidades. Escutaria os insultos da mãe, que chorando se lamentaria pela filha tão inútil que tinha. Ameaçaria tirá-la da escola e mandá-la trabalhar como empregada.

Ainda era meio-dia. As meninas aceitaram que participasse da brincadeira, mas riam do seu casaco velho e dos seus sapatos sujos. De um pulo a outro, enquanto elas cochichavam, Andrea se lembrava das mil manhãs nas quais a mãe, sem se importar que fosse dia de escola, lhe ordenava: Não voltou. Vai procurar ele. Apressada, colocava no bolso do casaco de Andrea uma pequena garrafa de Bacardi, para fazer com que o pai a acompanhasse. O anzol. De um número a outro da amarelinha, Andrea ficava cada vez mais concentrada e mais brava. Não gostava de obedecer a mãe. Não ia com a cara dos vizinhos com os quais o pai bebia de vez em quando. Odiava a pergunta inútil que lhe faziam: Seu pai não voltou ontem à noite? Que vagabundo!

Rindo, uma das meninas lhe perguntou se ela nunca trocava de casaco ou tomava banho. A outra se aproximou e tirou a garrafa do seu bolso. Ia sair correndo para contar e tirar sarro do que tinha acabado de descobrir, quando Andrea arrancou a garrafa da mão dela e deu um puxão de cabelos que a fez correr, chorando, com a outra amiga atrás dela. Sentiu vontade de chutá-las e mordê-las. Fugiram rápido do seu ódio e da sua sede. Cuspiu.

Não soube como aconteceu. Enquanto caminhava para continuar a busca, abriu mecanicamente a garrafa e a entornou duas vezes, dois goles longos. O ardor na garganta a fez tossir. Por que seu pai gostava daquele líquido que doía e tinha um sabor horrível? Ela trazia no peito um fogo mais forte do que o daquele rum branco. Bebeu de novo, dessa vez o álcool escorreu pelo seu pescoço.

Passou pela loja *La Cordobesa*, guardou a garrafa e entrou. Uma sensação prazerosa amolecia seus braços e pernas, chegou ao balcão e comprou um chocolate. O abriu vagarosa, desajeitada, e devorou os pedaços. A vendedora não prestou atenção nela, apenas apontou para a lixeira. Ao sair dali, a ordem de procurar o pai se ouvia ao longe; nos seus ouvidos, todos os sons do dia borbulhavam preguiçosos: pássaros, carros, passos, vozes. A voz da mãe, não. Se sentia cansada, estava caminhando há muito tempo e lembrou que não tinha tomado café da manhã. A sensação de não pisar totalmente no chão a obrigou a arrastar uma mão pela parede, com medo de cair. Numa esquina, quase trombou com uma mulher que carregava duas grandes sacolas de supermercado: Andrea, teu pai está lá trás!, advertiu.

Andrea, que sempre gostou de sentir o sol bater no seu rosto, teve a sensação de que no céu havia um refletor que a cegava e incomodava. Apalpou as bochechas com os olhos fechados, sorriu à medida que ia reconhecendo as suas sobrancelhas, a exata dimensão de cada linha, o sorriso aumentava, o nariz achatado, o queixo e a cicatriz que ficou da queda de um balanço. O céu, a sua aparente distância, a obcecava quando era menor: aquela vez, no alto, se soltou e esticou os braços.

Começou a rir. Já não acredita que é possível tocar o céu. Abriu a garrafa e jogou o resto de rum no chão.

Reconheceu a rua que levava até a escola, uma subida muito íngreme; dois anos atrás, a mãe ainda a levava todas as manhãs, geralmente com atraso porque tinha dificuldade de acordar depois dos remédios que tomava à noite. Andrea caía com frequência, tentando seguir os passos apressados da mãe. Seus joelhos tinham as cicatrizes da pressa.

Procurou uma sombra, por um instante se sentiu tão lenta quanto a tartaruga que um dia roubou do vizinho. Sua mãe, distraída, pisou no bicho. Mas Andrea não deixaria que ninguém pisasse nela. Se defenderia de cada piada: pelo casaco rasgado, pelos sapatos sujos, pelas notas ruins, pelos palavrões que soltava.

Ali na rua, dormindo encolhido contra a parede, estava seu pai. Andrea sentiu muita vergonha. O que aconteceria se alguém da escola os reconhecesse? Viu que através da garrafa as coisas não se deformavam: estava vazia. E então se perguntou: Como vou fazer para ele voltar? Não importava. Não voltariam. Se sentou ao lado dele. Chegou ao seu nariz o cheiro de urina e álcool. Uma sensação de nojo lhe causou ânsia de vômito, mas se controlou. Pensou que quando ele acordasse, também acreditaria que, dali em diante, a vida seria apenas na rua. Por que ir para casa? Não se separaria do pai. Não sentiria mais vergonha. Encontraria uma maneira de pegar as garrafas e esvaziá-las sem que ele se desse conta. O ar quente da tarde a cobriu com um abraço leve; dormiu.

Quando Andrea despertou, escurecia. Fez uma careta: sua cabeça doía. Seu pai estava sentado na beira da calçada e, para ela, era um gigante que sonhava, um destruidor, um colosso triste. A imagem se destilou nos seus olhos, ardente e doce. Viu que ele tinha a garrafa vazia entre as mãos. Quis dizer alguma coisa, mas apenas engoliu em seco. Algo mais quis sair da sua garganta, uma porção de veneno, de vômito amargo que não conseguia segurar. Ele suspirou profundamente. Inclinou a cabeça em direção ao céu com um sorriso bobo. A lua, olhava para a lua.

A MEMÓRIA ONDE ARDIA

SOMOS MAIS aquilo que esquecemos ou aquilo que lembramos? Levei os dedos até os meus lábios. Reverberava o fogo do tempo passado. O sabor da gasolina me fez frear lentamente. Parei e desliguei o carro. Olhei pelo retrovisor e consegui distinguir, já a algumas quadras atrás, o rugido feroz do garoto.

Caminhei até o lugar onde o cospe-fogo dava o seu espetáculo. Ele parava o tempo. Ou quem sabe era o tempo que parava o ar, a fumaça, a chama.

Tudo parecia muito calculado e a sua vida era esta: tragar a gasolina, aproximar a boca da tocha e rugir. O incêndio imediato.

Parecia calculado, mas assustava. Olhava para ele de longe e sentia no meu rosto o calor do seu fulgor.

Ainda era um adolescente. Há pouco, quando o vi na frente do para-brisas, mal olhei para o seu rosto, para a sua silhueta raquítica. Com a pressa de quem quer chegar logo, sem o atraso da miséria erguendo-se à sua frente, lhe dei algumas moedas. Foi quando as nossas mãos se encontraram.

Agora o olhava fixamente. Era quase bonito, rosto fino e olhos amendoados. Os seus lábios inchados e a sua boca avermelhada eram perturbadoramente atrativos.

O que eu tinha encontrado naquela esquina?

Uma tarde, quando meu pai ficou sem combustível e teve que improvisar com um galão. Pediu ajuda a um taxista, e então puxaram a gasolina do tanque do táxi. Talvez por alguma lei da física, o líquido subiu sozinho pela mangueira, do tanque até o galão.

Meu pai deixou essa mangueira esquecida no porta-malas, mas eu a roubei e gostava de imitá-lo, brincando com meus irmãos e seus carrinhos. Eu não gostava de bonecas. Todos souberam disso no dia em que queimei todas elas com a gasolina que tirei do tanque do carro.

Uma outra tarde, na ilha em que Alan e eu pedimos carona para ir de uma ponta à outra, de algum lugar da Córsega selvagem até o porto de Bastia. Os carros transitavam em alta velocidade por causa da escassez de combustível. O carrinho vermelho da motorista romena que nos levava, saiu da pista. Ela não falava uma palavra de inglês e só xingava na sua língua. O cheiro de gasolina vazando fez com que nós três corrêssemos para pedir ajuda, com alguns arranhões no corpo e a vida generosa como nossa aliada. Não era possível imaginar que o tempo do Alan estava acabando, que dali a alguns meses seu corpo seria abatido por um aneurisma e eu pela viuvez aos vinte e sete anos.

Algo muito antes de Córsega: outra ilha, lá pelos lados de Matanzas, que percorri com aquele amante de cabelos compridos. Trocamos a gasolina extra que ele reservava para seu velho *Studebaker* por uma garrafa de rum e bebemos tudo, olhando para o mar de Varadero. Ébrios, tristes, nos despedimos de uma história que não significava nada para nenhum dos dois, porque nunca acreditamos naquele amor.

Um domingo em que eu estava de plantão no jornal onde trabalhava e me pediram para cobrir a notícia da rebelião de um povoado. Tinham sequestrado alguns policiais e ameaçavam tacar fogo e queimá-los vivos se o governo não lhes concedesse certas garantias. Quando cheguei, o cheiro de carne queimada se levantava da praça central. Apenas um policial sobreviveu, agarrando-se ao seu algoz com todo o temor e com todo o apego que tinha pela vida.

Dizem que as pessoas se desfazem em lágrimas ou em desculpas. Eu me desfazia em memórias. O Senhor do Tempo tinha me dado outras vidas para viver e eu – como negaria? – as vivi.

Era uma espécie de assalto na intempérie, diante daquele garoto desconhecido, minhas lembranças eram arrancadas de mim. Como quando tiramos uma joia antiga que ficou durante muito tempo no mesmo lugar que esquecemos que estava lá. De repente, no seu lugar, fica um pedaço de pele mais branca e o vazio, a ausência, escancarados. Olhei para o sol quase fechando os olhos. Sob a luz da enorme esfera incandescente, sorri.

É assim que as lembranças voltam, para nos dizer quem somos.

Um encontro fortuito com um objeto extraviado – eu mesma – era o que estava acontecendo. Mas não era só isso. Eu também cuspia fogo.

O garoto me olhou. Por trás da fumaça escura, sorriu com dificuldade. Pegou o dinheiro dos motoristas com uma mão estendida, segurando a tocha com a outra. Quando o semáforo abriu, correu até a calçada. Uma enxurrada de carros passou entre nós. Deu um trago de gasolina, se inclinou na minha direção em uma graciosa reverência e, com vigor renovado, rugiu. A língua de fogo se levantou sobre os carros. Jubilosa, ávida, atravessava o ar puro. Transpassando as minhas lembranças, me encontrava, depois de tanto, tanto tempo.

O NADADOR INFINITO

> *nada, nada é mais amargo*
> *do que o mar que trago dentro de mim, solitário e cego,*
> *o mar antigo Édipo que me percorre tateando*
> *desde todos os séculos,*
> *quando o meu sangue ainda não era o meu sangue,*
> *quando a minha pele crescia na pele de outro corpo*
> *quando alguém respirava por mim que ainda não era nascido.*
> Xavier VILLAURRUTIA

DE ACORDO COM O CARIMBO, o envelope demorou apenas uma semana para percorrer o caminho até mim. Dentro, uma foto de uma pintura do Álvaro. Na parte detrás, uma única palavra: "Venha". Olhei o quadro por alguns minutos: um mar na hora do crepúsculo, pequenas cristas de onda acesas por um sol que caia. Não se tratava de uma paisagem convencional para ser vendida a turistas: no centro do quadro, poderosa em meio a águas escuras que pareciam contaminadas, uma árvore despontava.

Não era uma árvore qualquer. Era uma ceiba, com ramos muito altos, nascida e crescida entre as águas. Uma árvore endêmica e símbolo sagrado na terra desse amante do passado. Uma ilha rodeada por um estranho oceano escuro. Segundo antigas crenças, a ceiba era um portal e seu poder abria treze céus.

Meus dedos acariciaram as letras que me invocavam: "Venha". Pude sentir a carícia em minha pele.

Guardei a foto sem nem poder imaginar a viagem. Cansada, no oitavo mês de gestação, todos os dias era acometida pela mesma inquietação. Dois estavam sendo gestados em mim: a criança e a desconhecida que eu estava me tornando. Ia até o espelho para me examinar com atenção. A cada mês alguma coisa mudava, alguma coisa ficava diferente, alguma coisa ficava para trás. Vivia de incógnitas em um corpo incerto.

Conheci o Álvaro anos atrás, quando ele veio expor seus quadros. O amor durou os poucos dias que esteve no México. Depois escrevemos um ao outro, prometi ir conhecer sua ilha; ele me assegurou que voltaria: esforços para transformar o mar que nos separava em um espaço retrátil, como se pudéssemos ajustar o seu tamanho a nosso favor.

O Álvaro disse uma vez que o Caribe não era o mesmo no seu povoado. Que lá ele assustava. Lembro de rir, incrédula. Para mim o Caribe era a Isla Mujeres ou Tulum, uma turquesa. Ele insistia que não era igual e me olhava como quem guarda um segredo.

O mar terminou se acomodando entre nós.

Depois da foto, o correio trouxe uma amostra mais palpável do quadro. Um pedaço do quadro em que a ceiba irrompe. A partir de então, com intervalos de dois ou três dias, foram chegando mais pedaços.

Comecei a me questionar sobre o porquê dos envios. Talvez eu mesma fosse a responsável: tinha invocado esse antigo amante. Passava o tempo recordando a pureza de ser uma e indivisível. A liberdade tinha aquele rosto moreno e as mãos cheias de mar. Imaginava paisagens com palmeiras, o cheiro do óleo, o som transbordante das ondas. A lembrança do amor do Álvaro.

O médico tinha me dito que eu podia continuar trabalhando, continuar com as minhas atividades normais. Mas depois de não conseguir controlar a urina ao dar um espirro, preferi não sair.

Pensar no Álvaro e na sua ilha era me afastar de mim, da casa, das gentilezas do meu marido... Parecia não cansar, suportava as minhas mudanças de humor sem perder o sorriso condescendente de quem aceita a loucura temporária de uma mulher grávida. Durante a noite, ficava de costas para ele e abraçava um travesseiro comprido, que também colocava entre as pernas. Algo mais crescia entre nós. Uma escuridão. O silêncio.

Às vezes, o nadador em minhas entranhas fazia um movimento que poderia ser um delicado ondular ou um empurrão preciso. Então lembrava mais uma vez que juntos éramos uma larva, à espera do momento em que meu habitante romperia meu corpo.

Quando comecei a me trancar no quarto do bebê, meu marido acreditou que eu estava abandonando meu estado de letargia. Já tinha censurado a minha indiferença e o meu desinteresse em preparar esse espaço. Disse a ele que os pacotes que recebia eram materiais de decoração e o proibi de entrar. Feliz, prometeu não intervir no meu trabalho criativo. "Nos surpreenda", disse. Usava o plural para se referir a ele e à criança, mesmo sabendo o quanto me incomodava que falasse daquele jeito. Eles tinham uma existência autônoma, alheia à minha. Já tinham transpassado as paredes do útero.

Empurrei o berço, amontoei os presentes, os brinquedos, tudo. Às vezes ele batia na porta, tentava olhar para dentro, mas se contentava em me entregar os novos presentes, que eu colocava onde não me incomodassem. "Ganhamos nossa primeira roupa de banho", "Compramos o esterilizador"... Escapava do seu olhar curioso e quase arrancava as coisas da sua mão.

No chão, comecei a montar o quebra-cabeça marítimo do Álvaro. Segui meu instinto, não ia reproduzir a pintura da foto, queria a minha própria paisagem feita com essas ondas escuras, tocadas suavemente pelo sol. Examinava todos os pedaços, tentando adivinhar onde a ceiba iria irromper.

O correio continuava trazendo a maré escura. Não achei que o quadro fosse tão grande, já não conseguia discernir margem de limite. Me perdia em alto-mar, com as pernas doloridas e inchadas pelo peso da criança. Toda minha alegria estava nesse quarto sombrio, nos reflexos da luz marinha subindo pelas paredes. Precisava de cada canto, inclusive das janelas, para quando a ceiba chegasse. A mesma coisa acontecia com o bebê, nos últimos dias do nono mês, seus movimentos eram menos frequentes: estava sem espaço.

Numa tarde em que estava sozinha, interfonei para o porteiro do edifício. Dei um monte de roupas e brinquedos para ele.

Os envios do Álvaro cessaram. Nada da árvore sagrada. Talvez os treze céus não se abrissem para mim, mas eu tinha construído as artérias desse mar, seu coração novo e ardente. Um vai e vem me entorpecia. Conseguia aliviar a angústia de não pertencer a esse corpo e nem ao seu fruto. Adormecia com os últimos raios de sol da tarde e a brisa suave que trazia aromas salgados.

Saí do quarto para procurar na internet o lugar onde um mar limpo é escuro, precisava de uma explicação da biologia marinha. Tinha adiado a consulta, mas queria saber. Vi praias onde existem bancos de mármore escuro e por isso a água parece contaminada, mesmo sendo limpa. Grandes ondas que parecem de petróleo, mas estão limpas. Satisfeita a minha curiosidade, fui paralisada por uma descarga elétrica. A dor percorria as minhas costas e torturava minhas virilhas, abria um canal com mil punhais.

Como uma árvore assediada pela tempestade, fui arqueando o corpo, recolhendo a minha seiva, juntando meus galhos em um abraço trêmulo para não cair.

O nadador em meu ventre começou a chutar, a abrir passagem com uma dolorosa necessidade de respirar e ganhar espaço. Lutava para romper os diques que o haviam contido sem amor durante todos esses dias. A sua fonte de vida tinha se rompido, chegava ao fim de sua viagem e abria um portal sem luz, em meio a uma noite de mármore, enquanto pelas minhas coxas escorria uma água que formava ondas, escuras ondas.

AS MORADAS DO AR

... Deus, por alguma razão misteriosa, não podia livrá-los dos sofrimentos, mas permitiu que as camas se elevassem por entre as nuvens; ascendiam lentamente até as moradas do ar [...].
Thomas de QUINCEY

LUCÍA FAZ UM PEQUENO CÍRCULO com os lábios e o gruda no vidro da janela. Ele fica embaçado, esse é o objetivo. São as nossas nuvens. Depois dela, eu coloco a minha boca no espaço que ela acaba de deixar. Sinto um arrepio. Mais uma vez, Lucía passa nos lábios sorridentes o brilho que a mãe lhe trouxe. As nuvens têm gosto de cereja.

Da nossa janela podemos ver muitas coisas: uma ponte por onde passam pessoas apressadas, os pais e as crianças a caminho da escola, os namorados que se encontram ou se despedem. Às vezes, olhar as pessoas não nos distrai, e o nosso passatempo é fabricar nuvens sobre esse céu de vidro.

Nos últimos dias, mais do que triste, Lucía parece estar assustada. É estranho. Ela é a pessoa mais corajosa que eu conheço. Está com medo de que sua mãe pare de visitá-la. Talvez por isso tenha interrompido a brincadeira quando eu acabava de fazer a terceira nuvem. Nossos rostos ficam muito próximos um do outro e Lucía coloca as mãos nas minhas bochechas. Fico surpreso, mas não me esquivo. Quero rir, mas não consigo. Quero empurrá-la, e também abraçá-la, como se pudéssemos apenas estar muito perto ou muito longe. Não consigo. Se aproxima e me conta o segredo, não no ouvido, mas na boca. Devagar, para que as palavras desçam pela minha garganta e para que ninguém, ninguém saiba que está com medo.

— Minha mãe vai ter um bebê.

Se vira lentamente e eu a ajudo, não queremos puxar a agulha do soro porque ela, assim como eu, já não tem veias boas para pegar. Antes de voltar para o meu quarto, sopro um beijo para ela no ar.

Lucía é a menina mais bonita e engraçada que eu conheço. Quando passa mal por causa do tratamento, não reclama. Talvez aguentemos mais porque somos os mais velhos, ela vai fazer onze anos e eu também.

Lucía, Lucía, ontem sonhei com o circo que inventamos juntos. O que você acha que isso significa? Quando vem me visitar, minha mãe traz um livro de interpretação de sonhos. Lemos juntos. Da próxima vez, vou perguntar se nele tem sonhos sobre circos. Os trapézios balançavam sozinhos e os animais corriam feito loucos pelas arquibancadas. Os macacos pulavam de um lado para outro com saias havaianas. Eu viajava abraçado ao pescoço de uma girafa e você ia de pé em cima de um elefante. Você estava com um vestido vermelho brilhante e o circo inteiro cheirava a cereja.

Do que mais eu sinto falta é dos meus irmãos. Aqui, no décimo primeiro andar do hospital, não é permitida a entrada de outras crianças. Nossa doença não é contagiosa, mas não os deixam entrar porque dizem que isso aqui é coisa de gente grande. Não consigo entender, então não somos mais crianças? Sussurro no ouvido de Lucía: somos os que vão morrer. Ela faz aquele gesto que eu gosto tanto e que a deixa ainda mais bonita. Como que se escondendo um pouco, inclina a cabeça, sorri com os lábios apertados e assente. Sim, somos, diz.

Ela não consegue imaginar o que vai acontecer quando o bebê nascer. Será o seu primeiro irmão. Ou irmã. Não lhe digo nada porque logo ela vai perceber que os pais se dividem. Já não estarão ao seu dispor. Adoro escrever para os meus irmãos contando tudo o que tem aqui, e eles me respondem. Conto das máquinas que servem cafés se a gente coloca moeda, e eles me contam que um avião passou no céu e lançou milhares de papeizinhos brancos.

No quintal da nossa casa, eu gostava de amarrar um fio na pata dos besouros verdes. Me divertia fazendo eles voarem e sentindo que eu pilotava o voo. Mas da última vez que fui para casa, pensei que talvez doesse a patinha deles e preferi andar de bicicleta.

Julia, minha irmã, é a única que sabe sobre Lucía. Por exemplo: que não sei se ela me deu um beijo quando me contou que ia ter um irmãozinho. Senti que as suas palavras me tocavam, mas não sei.

Quando meu pai vem me visitar, peço uma coisa para ele: que, por favor, não bata nos meus irmãos. Ele odeia que eu diga isso, mas se controla. Ele fica diferente aqui. Em casa sempre está bravo, fumando, indo de um lado para outro, como se não encontrasse o seu lugar. Chega com a sua pasta marrom onde guarda as passagens de ônibus e os comprovantes. Sempre tem que usar uma máscara, e assim vejo melhor os seus olhos. Eu não sei se gosto mais dele agora ou quando bebia. Mas sei que ele era mais feliz. Depois eu fiquei doente e ele prometeu à Nossa Senhora e ao Menino Jesus que não beberia em troca da minha cura. Ele está me ensinando a fazer o sinal da cruz. Me pede que eu não conte para a minha mãe porque ela não acredita nisso. Antes ela acreditava, mas um dia gritou que nenhum deus faria isso com uma criança.

Meu pai sempre se lembra dos que receberam alta e anota o que tinham e quando se curaram em uma caderneta que traz dentro da pasta. Pergunta tudo para as enfermeiras: que médicos trataram os pacientes, quais eram os prognósticos, se comiam bem, se os pais deles rezavam... Ele diz que o hospital tem boas estatísticas. Me olha como se me perguntasse alguma coisa.

Há crianças que se curam e outras que vêm e vão, como eu. Outras, desaparecem. As que não se despedem, coitadas, ninguém quer pensar nelas. Limpam rapidamente os quartos que deixaram. Parece que não existiram, não se fala delas, por isso nós fazemos os enterros. Lucía e eu procuramos rápido: um brinquedo, uma meia, alguma coisa que não tenha sido recolhida pelos velozes limpadores. Escrevemos em um papel o nome de quem se foi e grampeamos no objeto. Aquilo que ficou para trás é recebido em nossas coleções e fica entre nossas coisas. Nós dois já dissemos aos nossos pais que se alguma coisa acontecer com algum de nós, o outro deve ficar com a coleção. Depois nos arrependemos porque eles ficaram muito tristes.

Às vezes, não temos agulhas nem soro pelo corpo. Não arrastamos tripés. Por algumas horas. Às vezes, por dias inteiros. Já sabemos que vamos levar bronca, mas todos também já sabem o que vamos fazer. Antes do almoço, quando os carrinhos que distribuem as bandejas ainda não chegaram aos nossos quartos e, sobrecarregadas, as enfermeiras ainda não começaram a implorar às crianças que comam, corremos pelos corredores vazios. Gritamos, emocionados. Saem outras crianças, as que podem, e terminamos correndo todos juntos. Os menores tentam frear os grandes abraçando as pernas deles, e então vamos rebocando os pequenos, morrendo de rir, e finalmente nos jogamos no chão, uns em cima dos outros.

Cada um de nós foi e voltou para casa algumas vezes. Ainda que Lucía e eu gostemos muito um do outro, odiamos vir para o hospital. É ainda pior quando o nosso tratamento não é ao mesmo tempo. Ela é de Chihuahua e eu de Toluca. Temos um globo terrestre e vimos que quando a gente volta para casa, não estamos tão longe assim. Não tanto quanto o Uruguai da Hungria, isso sim é longe. Não há mar entre nós. Apenas nuvens.

Nos dias difíceis, tudo fica melhor quando nos damos as mãos. Ninguém percebe. Há turnos, mudanças, nunca são as mesmas enfermeiras, mudam para que elas não se apeguem aos pacientes, isso eu escutei a Rosita falar. Mas estávamos Lucía e eu.

Lucía. Lucía.

Outro dia me machucaram muito com a seringa na medula. Iam tirar o líquido. O médico é daqueles que quer que a gente saiba tudo o que vai acontecer, gosta de explicar as coisas e diz que a ignorância é a pior coisa. Quando tenho uma seringa na minha cara não escuto e não entendo nada. Então fiz shhhhhhh, muito alto, e fiquei de costas para que começasse de uma vez. Depois não conseguia me levantar da cama, não podia nem me mexer. Tinha vontade de ir até a janela, estava na hora de as crianças voltarem da escola, e eu gostava de pensar que eram os meus irmãos que andavam daquele jeito, com aquelas mochilas enormes nas costas, indo para casa, onde comeriam sopa de macarrão e bife à milanesa. Se deixam alguma coisa no prato, a mãe diz que os coitados dos macarrões estão chorando porque não foram comidos.

Mas os nomes dos meus irmãos quicavam entre a minha cama e o vidro, iam e voltavam, entre mim e a janela que nunca se abre.

Então a Lucía chegou. Estava com uma boina vermelha, ela fica bonita até com olheiras. A assistente social trouxe o jogo da vida. Lucía colocou o jogo no chão e subiu na cama, do meu lado. Estávamos em silêncio, sentindo como o ar entrava e saía de nossos corpos. Dormimos.

Um dos meus joelhos começou a inchar, incomoda na hora de andar. Os médicos sempre nos consolam dizendo que somos muito corajosos. É verdade. Nossos pais são os que não aguentam.

Quando minha mãe vem, traz com ela o cansaço. Sou o mais velho, em casa ficaram a Julia e o Ramón, que ainda não conseguem se cuidar sozinhos. E quando ela está aqui, pensa em tantas coisas que preciso chamá-la muitas vezes "mãe, mãe, mãe", para que ela preste atenção em mim. Ela está em outro lugar, está com muito medo, porque antes o meu joelho não inchava, porque estou mais magro, porque estou perdendo a visão de um olho...

Ela está muito preocupada com o meu corpo, por isso quase não fala comigo.

Lucía e eu somos especialistas em lesões e doenças. Gostamos de contar as nossas histórias e é como se nunca as tivéssemos escutado ou como se elas não tivessem acontecido com a gente. A brincadeira é lembrar dos nossos primeiros hospitais.

— Oi, menino. Você nunca dormiu num hospital, né?

— Não.

— Quantos anos você tem?

— Cinco. E você?

— Mmm, eu também. Por que você tá aqui?

— Comi uma coisa que não devia ter comido. Fui com a minha mãe visitar uma amiga dela. Era uma casa enorme, de três andares. Comecei a brincar de esconde-esconde com as outras crianças e embaixo do tanque encontrei um pote com alguma coisa que parecia muito gostosa. Parecia mel. Coloquei o dedo e experimentei. Não era doce. Começou a queimar, parecia que eu estava derretendo por dentro. Era soda cáustica. Agora me alimentam por sonda, meus órgãos estão queimados, sou uma grande cicatriz que você nao enxerga.

— Que bobo você! Quem ia guardar mel embaixo do tanque?

Encolho os ombros, com vergonha, e tento me defender:

— Lembra do Max? Os pais escondem dele as comidas com açúcar.

— E a sonda dói?

— Só quando os meninos da escola arrancam ela. Eles falam que parece um cabelo. Daí dói e sai muito sangue do meu nariz.

Lucía me olha admirada, mas não se dá por vencida. Sabe que a sua história é melhor.

— E você? Por que tá aqui? – desafio.

— Tá vendo isso? — tira a boina — Um leão arrancou o meu couro cabeludo. Meus pais são donos de um restaurante e a atração era um leão que cresceu com a família. Criamos ele desde que era um filhote, minha mãe dava o mesmo leite pra ele e pra mim na mamadeira. Quando cresceu, colocamos ele numa jaula, e a minha tarefa favorita era dar comida pra ele. Era muito bonito e brincalhão, como se fosse meu irmãozinho. Um dia, antes de cair uma tempestade, eu quis ganhar do mau tempo e alimentar ele. Um trovão caiu bem perto. Vi o clarão e fiquei surda e sem enxergar, pensei que era por causa do relâmpago, mas não, o leão tinha me puxado com as suas garras e eu estava embaixo do seu peito. Senti o coração dele mais forte do que o meu, mais rápido, *tum tum tum*. Não sentia dor, só um calor muito estranho na cabeça. Pensei que era a respiração do meu leão. Então senti alguma coisa escorrer pelo meu rosto. Não sabia que era sangue. Acho que desmaiei e acordei no hospital.

Ficamos quietos. Isso aconteceu com a gente e às vezes damos risada de como fomos bobos. Por isso ficamos amigos, porque somos azarados. O lugar onde o raio cai duas vezes, disse Rosita, que nos escutava. Não estávamos no hospital por causa daquilo, mas aquilo também tinha acontecido com a gente. O leão e o mel que não era de verdade. E preferimos essas histórias porque não entendemos a doença que temos agora. De onde vem, como entrou no nosso corpo, quando. Os médicos não sabem de nada. A gente se recuperou do que aconteceu antes, mas disso é impossível.

É domingo de manhã. O hospital está movimentado. Dizem que um personagem de televisão vai vir visitar as crianças doentes e que vai trazer seus brinquedos para nos emprestar. Você e eu nos olhamos. Todos correm, se preparam para recebê-lo. Um exército de assistentes sociais cola nas paredes e nas janelas cartazes com "Bem-vindo!". Pedem que deixemos os quartos ajeitados e saem para continuar as arrumações.

Lucía vai ser operada amanhã, não está interessada na visita do personagem.

Sobe na minha cama e nos cobrimos com o lençol. Ficamos abraçados. Primeiro, em silêncio. Depois, os meus dedos se abrem para entrar embaixo do pijama dela e sentir a sua pele macia. Minha mão com vida própria, muito estranha, vai ao encontro do seu peito, que suspira. Percorro a clavícula, e ela canta baixinho: *Todos os dedos, todos os dedos, onde estão? Aqui estão! Eles se saúdam, eles se saúdam e se vão, e se vão.*

Ela coloca os braços embaixo da nuca e fecha os olhos. Roço dois botões macios e Lucía quase solta um grito. Toco de novo, mudam, é estranho, ficam duros. Ela entreabre os lábios e fecha os olhos. Meus dedos passeiam pela sua boca e agora sou eu quem quase grita. Ela prende os meus dedos com a boca e morde devagarzinho. Assim, molhados, eles deslizam pelo seu peito e suspiro, suspiro. Ponho o ouvido na sua barriga e lembro da concha guardada pela minha mãe. Não conheço o mar, mas agora conheço o seu som, é um ir e vir calmo, enquanto Lucía respira. Dou um beijo na sua barriga. Outro no umbigo, onde imagino que há mel, mel de verdade, e continuo sem saber em que mundo acabo de entrar e por isso quero ver esse corpo sem pijama, preciso vê-lo, tão diferente do meu, a pele tão branca, é uma nuvem que eu posso abraçar. Estamos nos olhando e é como se ela fosse chorar, porque as suas pupilas brilham muito, mas não, não é isso.

Desliza e, bem devagar, coloca o seu rosto bem perto do meu. Cócegas se espalham pelo meu corpo e sinto uma vontade incontrolável de correr ou de voar ou de gritar. Coloca a língua na minha boca. Sinto o meu rosto e o meu pescoço molhados, sinto que chove, a chuva cai em cima de nós dois. Quando abro os olhos, continuamos secos e sozinhos. Finalmente consigo rir e ela também, como se tivéssemos encontrado em nossas bocas algo que sempre poderia ser celebrado.

Tiramos a cabeça para fora do lençol. Sinto o meu coração *tum tum tum*, agora eu sei o que o leão da Lucía sentia, *tum tum tum*.

Quem sabe Deus existe.

Eu te disse que nunca deixaria de ver teus olhos e que gostava do gesto que você fazia para se esconder. Teus olhos e aquele olhar claro e profundo, que as enfermeiras não suportam. Principalmente a Rosita, que não sabe ou não quer saber os nossos nomes e chama a todos nós de pacientezinhos e mente dizendo que já vamos para casa, que logo estaremos curados. Mas quando você a olha, ela não sabe o que dizer e vai embora rapidinho.

Lucía sempre olha nos olhos e, quando faz isso, o outro treme.

Nunca poderei mentir para ela.

Todas as noites entram enfermeiras diferentes, cinco ou seis vezes. Vêm comprovar se ainda estamos respirando? Julia escreveu falando que devo te dizer que gosto muito de você. Que fica feliz que eu tenha contado para ela e que não contará para ninguém, mas que eu devo dizer pra você também. Por causa disso, não consigo dormir. Como posso te dizer, Lucía, se você não acorda? Quero ser a primeira coisa que você veja quando abrir os olhos. Vou te dar dois beijos, um em cada olho. E, então, vai chover.

Lucía, já passaram vários dias e não querem deixar eu te ver. Entrei escondido e consegui. Mais longe do que nunca, longe, longíssimo, com tantos tubos e sondas não era você de verdade. Você estava lá? Levantei o lençol e procurei teus pés para acariciá-los. Tive que sair porque fazia muito tempo que não sentia vontade de chorar.

Um dia também serei assim. Outro aniquilado pelas sondas da medicina. O médico me conta que a doença evoluiu mais em você do que em mim. Também me diz, devagar, que é muito bom gostar de alguém. O escuto enquanto ele tira da minha mão o tubo de ensaio onde guardo o meu pedacinho de mercúrio. O que não é bom, ele diz, é entrar em contato com esse material. Peço para ele me devolver, digo que você e eu gostamos de ver como se separa, se torna mil partículas velozes e volta a se unir em um todo de novo.

O médico quer saber o que achei da visita do personagem de televisão. Nada, respondi mal-humorado, porque ele tinha guardado o meu tubo de ensaio no jaleco.

Sem você os dias são tão longos. E se não posso falar com você, me sinto ainda mais sozinho.

Como se a vida não aparecesse por aqui.

Rosita disse que você já tinha acordado. A mais mentirosa das mentirosas. Mas eu acreditei. Fui correndo, esqueci de todos os meus inchaços. Lá estavam os teus pais, um de cada lado, com cara de coveiros. Tua mãe, com uma barriga bem normal, ainda não dá para ver o teu irmãozinho. Disseram que você perguntou por mim, mas que tinha dormido de novo. Fiquei tonto. Abri a boca para que saísse de mim uma nuvem que apagasse tudo.

Mas, ao invés disso, me escapou uma pergunta:

— Por que o nome dela é Lucía?

Tua mãe me contou que esse era o nome da tua avó, que você era muito parecida com ela, loira, de cabelo comprido, bonito... Que ela cuida de você lá do céu e não vai deixar que nenhuma coisa ruim te aconteça.

Sei que você teria dito que algumas coisas ruins já aconteceram com você.

— O que vocês fizeram com o leão?

Agora foi o teu pai quem respondeu:

— Sacrificamos.

Pareceu uma coisa muito ruim. Um castigo de verdade. Fui pegar um dos livros que eu gosto de ler, o dos astecas.

— Assim, em cima de uma pedra, arrancaram o coração dele?

— Foi diferente – pensou um pouco – Chamamos uma pessoa, um veterinário. Ele aplicou uma injeção. Não doeu. Não sofreu.

— Como você sabe?

Tomara que não me deem alta logo. Quero estar aqui quando você acordar. Olha essas nuvens na janela. Não têm gosto de cereja.

Não fale das crianças que já não atravessam a ponte porque estão de férias. Não fale do barulho dos passos durante a noite. Não fale do mercúrio que o médico levou. Não fale do relâmpago de alguns dias atrás. Não fale da lua enorme e amarela. Não fale da noite que não termina. Não fale do olho que já não vê. Principalmente não fale do olho. Ela vai acordar.

— E o que aconteceu com você? – você me pergunta.
Estou ali, grudado na tua cama, esperando. Te olho de canto com meu olho bom. O outro está inchado, como o joelho.
— Não é nada, a Rosita disse que eu vou ficar bem.
Soltamos uma gargalhada.
— Quantos dias passaram?
— Muitos. Não contei.
Você segura a minha mão, aperta forte e eu perco o medo:
— E se eu te der um beijo?
Você me dá o teu sorriso mais bonito.
Eu não te beijei, Lucía. Você me beijou.

Minhas mãos suam. Essa chuva que só aparece quando estou com você.

Me aproximo muito devagar, o coração sai pela boca, as cócegas correm por todo o meu corpo, e seu hálito morno perto, perto, o mundo começa a girar mais rápido, mais rápido, o chão se move, as paredes rangem, tua cama desliza e as pessoas gritam e correm. Está tremendo!, gritam lá fora. Se não me segurar em alguma coisa, vou cair.

Então, do teu barco, você ordena:

— Sobe.

Nos abraçamos, temos medo, te abraço mais forte, aqui, mesmo que seja aqui, um dia de tremor, um dia em que tudo para porque tudo desmorona, aqui vão os trapézios solitários, o circo em movimento, os cavalos desenfreados e alegres, as girafas me oferecem o pescoço e os elefantes querem te levar, mas desta vez a gente vai sozinho, o leão não terá outra chance, juntos, nós voamos juntos, longe, para além das paredes, da chuva que nos molha, da nossa janela finalmente aberta, longe, longe.

A GESTAÇÃO

"Quer emagrecer? Pergunte-me como". Um homenzinho rechonchudo e vestido com um terno barato aponta com o indicador para o adesivo colado no vidro traseiro do meu carro. Com a outra mão, agarra o meu pulso com força.

Outros conseguiram escapar, mas a senhora não vai. Me diga: *Como? Como?*

— Senhor, já chega, me solte. Eu comprei o carro usado e ele já veio com esse adesivo.

— Mentira. Por que a senhora não quer me contar?

— Porque eu não sei de nada. Essa propaganda foi colocada por alguém que vendia alguma coisa, um produto para melhorar a saúde, talvez...

Aquele conflito incômodo me obrigava a olhar de um lado para outro à procura de ajuda. Minha gravidez de três meses ainda não era perceptível e poderíamos parecer um casal fazendo uma ceninha.

— Que produto? – questionou rapidamente.

— Sei lá: algas, Viagra, linhaça...

Fechou os olhos como se tivesse recebido uma bofetada.

— Não ria da minha cara, senhora.

Me olhou rancoroso. Comecei a sentir remorso. Por quê? Lembrei do dia em que soube que estava grávida. A surpresa e um primeiro sentimento de recusa. Depois, a culpa. A felicidade se escondia de mim. Pensei que aquele homenzinho diminuto, grudado ao meu corpo, era um filho não desejado. Fiquei quieta, olhei para ele com curiosidade, e, então, ele atacou:

— A senhora não me comove! Não se dê o trabalho de sentir pena...

Seu rosto se aproximou do meu. Me enchi de coragem:

— Se a sua mãe não lhe quis, por algo será! Ela deve ter pressentido que ia ter um filho balofo, barrigudo, cambaio... e louco!

Soltou uma gargalhada.

— O que acha de passar o resto dos seus dias com este louco? E se eu lhe levar e não lhe soltar nunca mais?

O que ele disse não me assustou. O que me amedrontou foi o eco que escutei nas suas palavras, uma espécie de lembrança infantil, como quando a minha mãe ameaçava contar alguma das minhas travessuras para o meu pai. Não sei a cara que fiz, mas o louco rechonchudo parecia se divertir com o efeito de suas palavras, quem sabe pela descoberta de que era capaz de coisa semelhante. Puxei minha mão com força para me soltar. Foi inútil, não o surpreendi. Apertou ainda mais forte e perguntou, aparentemente calmo:

— Me diga como.

— Como o quê?

— "Quer emagrecer? Pergunte-me como". *Como?*

O que poderia dizer para ele? Um casal passou ao nosso lado e ela deu um cutucão no companheiro. Riram, cúmplices.

Suspirei. Como é difícil ser mãe. Você é mãe para sempre, pelo menos enquanto o seu filho existir. Em algum lugar do mundo havia uma mulher já idosa que pariu este infeliz. E essa mulher seria sempre a culpada pela infelicidade do seu rebento.

— Senhor, posso lhe pagar um café? – perguntei.

O fulaninho ficou desconcertado. Seu rosto refletia a desconfiança.

— Um café? Tenho cara de quem quer um café?

— Só um café. Veja, se eu quisesse, teria gritado alto pedindo ajuda. Mas aqui estou, lutando com o senhor.

Pareceu pensar um pouco. A pressão no meu pulso diminuiu. Deu um passo para atrás, me olhou de cima a baixo como se medisse o tamanho da ameaça. Finalmente, disse:

— Promete que vai ser só um café e que vai me contar *como*?

Já sentia dor por estar ali de pé. Não quis nem imaginar o que aconteceria nos próximos meses. As varizes, as pernas inchadas, as câimbras. Sem falar no peso da alma! O que aconteceria se não conseguisse gostar da criança? E se ela nascer e eu continuar entediada?

— Prometo o que quiser, senhor. Venha, é por aqui.

— Espere – disse. E ao invés de segurar o meu punho, pegou a minha mão –: está melhor assim.

Comecei a andar com ele atrás de mim, sua mãozinha agarrada à minha. O café era disputado; a maioria dos clientes eram executivos vestidos sobriamente e mulheres muito arrogantes. Antes de entrar, virei para trás para olhá-lo. Parecia menor. O lugar o intimidava.

— É um café como outro qualquer – lhe disse –. Não se incomode com essas pessoas.

Nos sentamos ao lado da janela que dava para a rua. Arrumou a gravata, que era de um verde bandeira gasto.

Pedi um capuccino gelado. Ele pediu a mesma coisa, mas com muito chantili.

— Sobre a sua pergunta...

— Deixe. Depois a senhora me conta – me cortou abruptamente.

Depois disso, não falamos mais nada. Sentado ali, o homenzinho parecia ter perdido o interesse. Olhava distraído para a rua e bebia o seu capuccino com um canudinho. Terminou rapidamente, escutei como chupava o ar, brincando com o resto do chantili. Estava entediado. Comecei a sentir que não conseguiria retê-lo nesse lugar contra a sua vontade. Não se sentia confortável naquele ambiente superficial de corpos e roupas perfeitos. Tomava o meu café fingindo que também prestava atenção na rua. Lançava olhares furtivos para ele e a cada olhar tinha a impressão de que estava mais jovem e... parecido, de uma maneira inexplicável, comigo. Se parecia comigo! Ou com o meu pai, de quem eu tinha herdado o rosto redondo, a testa larga e as sobrancelhas espessas. O olhei realmente curiosa, mas a semelhança já não era tão notável. Seus traços iam ficando imprecisos, como os de uma criança muito pequena. Sorriu e pude ver que já tinha dois dentinhos.

COMO FLORES

OS CEGOS CHEGARAM no final de novembro. Me lembro bem. O pátio da escola estava cheio de folhas murchas, soltas da velhice de sua árvore. E o ar tinha aquele cheiro glacial que faz lembrar do Natal, das pessoas queridas e perdidas: das distâncias.

Foi chegando um de cada vez. Começou na sexta-feira. Lembro muito bem desse primeiro final de semana; no sábado, visitei a minha avó, que gostava muito de mim. Eu era parecido com ela: os mesmos olhos verdes esbugalhados. Por isso tinham me apelidado de "sapo". Foi a última vez que a abracei e me diverti com suas histórias. Depois disso, nunca mais me aproximei de ninguém assim.

Pamela Duarte encontrou com a cega no banheiro. Estava com o uniforme da escola, inclusive com o "6A", que era a nossa turma do primário, gravado na manga da blusa. Ao princípio, Pamela não se deu conta. A olhou de canto, através do espelho, imóvel. Passou por trás dela, entrou no sanitário e fechou a porta. Então começou a escutar aqueles passos frágeis, indecisos. A cega caminhava em direção aos sanitários e arrastava uma mão percorrendo cada uma das portas.

Pamela a escutou bater à porta suavemente e ergueu a voz para dizer: "ocupado". A cega não se moveu. Pamela viu as pontas dos sapatos dela por debaixo da porta.

— O que você quer? – perguntou.

Não ouviu nenhuma resposta. Puxou a descarga e abriu: deu de cara com aquele sorriso frágil. Pamela achou estranho que usasse o uniforme, pois nunca tinha visto a cega na escola. Ambas tinham o mesmo tamanho.

— Por que você não abre os olhos? – disse Pamela.

A cega estendeu uma mão em sua direção e, sem lhe dar tempo para que reagisse, tocou rapidamente o seu rosto, como se lesse um enunciado em alta velocidade. Foi um relâmpago. A cega alargou o sorriso e então abriu os olhos, quem sabe escuros por debaixo das espessas nuvens brancas. Pamela gritou, a empurrou com força e saiu correndo. Contou para as freiras o que tinha acontecido, e elas olharam admiradas em direção ao banheiro. Negaram com a cabeça e mandaram que Pamela voltasse para a sala de aula. Não se falou mais no assunto até a sexta-feira seguinte.

Na hora do recreio, a cega atravessou o pátio com um outro menino, que apertava os olhos com tanta força que parecia sentir dor. Estavam com o uniforme, mas pareciam desleixados. O agasalho torto, os sapatos sem lustrar, e ela estava com uma meia mais comprida que a outra. Como se tivessem se vestido no escuro. Os cabelos estavam bagunçados, parecia que tinham acabado de se levantar da cama. Ele usava uma bengala, que ia colocando à sua frente para não tropeçar. A cada passo deles, nós íamos ficando quietos. Todos ficamos em silêncio, contemplando-os, não se escutava nada além da bengala roçando o chão. Nos assustamos quando o sinal tocou: acabava o recreio. Corremos para as salas. Antes de entrar na minha, tentei ver para onde iam os intrusos, mas não consegui distingui-los naquele alvoroço de uniformes.

O terceiro devia ter a minha idade. Também encontrei com ele no banheiro. Vi a porta de um dos sanitários aberta e, ao tentar entrar, dei de cara com ele. Fedia. Retrocedi até que as minhas costas sentiram a parede fria. Tinha cagado na tampa da patente, estava parado de pé, com os olhos fechados. Esticou os braços em minha direção e eu vi aqueles olhos perdidos, iluminados, apenas uma luz branca. Luz morta. Ia tocar no meu rosto quando vomitei. Ele cagado e eu vomitando. Fui me lavar na pia, tremendo e com tanto medo que escorriam lágrimas dos meus olhos. Vi como saía do banheiro segurando as calças. Fiquei ali durante um bom tempo.

As freiras me mandaram para casa porque acharam que eu estava doente. Não disse nada.

Todo dia chegava um cego. Em pouco tempo eram tantos que já seria possível abrir novas turmas na escola. Tinham um jeito de permanecer juntos. Se mantinham unidos por um fio vermelho que apertavam entre os dedos.

Não falávamos com eles e não sabíamos o motivo de estarem ali, ainda que nos inquietasse vê-los vestidos com o mesmo uniforme e com as iniciais das nossas turmas gravadas em suas roupas. Pamela disse que talvez tivessem aula em alguma sala. Mas em qual, se todas estavam ocupadas? Alguém disse que eram fantasmas. Bem capaz, pensei, os fantasmas não cagam. Eu achava que eles estavam tramando alguma coisa.

Ficávamos fascinados com os seus movimentos, quase invisíveis. Quase sem fazer barulho, atravessavam o pátio na hora do recreio. Se moviam como se fossem de vidro.

Um dia mudaram o trajeto. Avançaram pelos corredores em direção às salas e ficaram do lado de fora, escutando as aulas pelas janelas abertas. Fingíamos que não estavam lá, mas aquelas sombras imóveis eram pesadas. As freiras se deram conta de que eles nos distraíam e os convidaram para entrar, inclusive ajudaram que se acomodassem no fundo da sala. No começo ficaram ali, de pé, mas os gestos severos das freiras nos obrigaram a levantar e oferecer nossos lugares a eles. Se acomodaram sem esconder a satisfação com sorrisos largos. E nós, atrás deles, soubemos que podiam ficar quietos e atentos durante horas, vivos e inertes como flores.

Ao vê-los nos nossos lugares, percebi: estavam ali para nos substituir. Estavam prontos para ser as novas turmas 6A, 6B, etc.

— "Sapo", precisamos fazer alguma coisa – a Pamela Duarte me disse na saída da escola.

Minha colega foi a primeira que decidiu partir para a briga. Não por acaso a chefe do grupo era a mais disciplinada e inteligente. E eu era, digamos, o "popular" da sala, amigo de todos, o melhor no futebol, no basquete... Apesar de que desde que os cegos chegaram quase ninguém se interessou por outra coisa a não ser observá-los. Pamela e eu concordávamos que era preciso expulsá-los da nossa escola.

— Um susto – propus.

— Isso mesmo – disse ela.

Nos banheiros ficavam mais suscetíveis, pois não estavam à vista das freiras, que os protegiam. Fomos muito pacientes e calculamos a emboscada com precisão. Pamela escolheu a vítima, a menina cega que a assustou da primeira vez. Durante o recreio, esperamos que se soltasse do cordão que a unia aos seus companheiros e a seguimos até o banheiro. Os nossos ficaram na retaguarda.

A cega entrou e fechou a porta. Esperamos perto das pias. Ao escutar o jato de urina, fomos até ela. Apertava as pálpebras como sempre e não havia medo na sua expressão. Pamela avançou para colocar a mordaça na boca da cega. A seguramos pelos braços, um de cada lado, a urina escorria pelo chão. Não resistiu. Uma flor sem espinhos. Quando vi o rosto de Pamela, quase soltei a cega. Resplandecia. Nos seus olhos ardia um fogo e de seus lábios saiam palavras terríveis. Fiquei assustado, mas era preciso continuar com o planejado. O plano era afundar a cabeça da cega na patente cheia de merda que já estava preparada ali do lado. A ideia foi da Pamela: "Para aprenderem a usar a patente", disse.

A única resistência da cega foi dobrar as pernas e deixar que carregássemos todo o peso do seu corpo. Não aguentamos e ela caiu, da sua testa começou a escorrer sangue. A levantamos e continuamos, arrastando-a. Ao chegar na patente, sem fôlego, suávamos. Tínhamos percorrido distâncias inacreditáveis.

Não titubeamos. Estávamos tão decididos a espantar os invasores que, se quiséssemos, teríamos despedaçado a menina com mordidas. Mas ali, depois de cumprir a nossa missão, a flor abriu seus olhos entre a merda e o sangue. Duas bolas que escondiam poças escuras. Uma tristeza sem tamanho. Sentimos que nos olhava sem olhar. Sentimos doer o nosso coração, o qual até então não tínhamos levado em consideração. Não sei o que era. Pamela também não. De repente, ali, com a cega ajoelhada, uma dor muito antiga nos atravessou.

Não podíamos fazer mais nada quando a cega apontou os seus dedos tortos na direção dos nossos rostos.

HISTÓRIA DE UMA LÁGRIMA

PARAVA NA FRENTE DO ESPELHO, fazia a careta que sempre tomava conta do seu rosto quando chorava, mas permanecia seca. Então, imaginava que não era ela, mas outra: a irmã, a sogra, a melhor amiga, alguma das inconsoláveis mulheres que estavam no enterro. Nem assim.

À tarde, Monique chegou para visitá-la. Arrumou um pouco a casa, separou algumas gravatas que tinham ficado dentro do armário e que, com a pressa, não tinham sido incluídas entre as outras coisas a serem doadas para o abrigo: camisas, calças, meias, enfim, a roupa do marido morto de Pura.

— Você não deve mais chamar ele de marido ou esposo – aconselhou o psicanalista.

Refira-se a ele pelo nome.

Pura olhava sua amiga ir e vir, fingiu não ver quando ela escondeu as gravatas. Ensaiou de novo o seu rosto de choro. Não aconteceu nada. O máximo foi um espirro, causado pelo pó que se levantava com a movimentação das coisas.

Depois de um tempo, a casa ficou com um cheiro refrescante de pinho.

A lembrança da viagem a Sintra, em Portugal, percorreu o seu sangue, transitou pelo seu corpo como uma língua de fogo.

O castelo que na entrada, na fachada – seria uma fachada? –, tinha esculpido o rosto de um monstro com chifres de bode e expressão maligna. Supostamente para dissuadir os viajantes de suas intenções perversas. Na fotografia, aparecem os dois debaixo daquela careta espantosa, eram tão jovens! Ele sorri como sempre, entregue ao mundo, um menino grande.

Sintra estava rodeada por um bosque, o povoado onde Andersen escreveu suas histórias. Dizem que qualquer estrangeiro pode encontrar um pedaço da sua pátria nessa cidade. Eles não procuravam por isso. Se houvesse como, se viajar de um lugar ao outro não acabasse se tornando um cansaço doce e insensato, teriam ficado morando no caminho.

Naquele bosque, se amaram enquanto, sobre suas cabeças, entre as copas dos pinos, voava uma coruja. O sol ainda não tinha aparecido quando foram acordados pelo frio, doloridos. Sentiam fome e sede, estavam despenteados e desorientados dentro dos sacos de dormir; já estava escuro quando chegaram ao bosque, um pouco ébrios por causa do vinho do jantar, perdidos como as crianças de Andersen.

Se olharam como quem olha para o espelho, com um quê de simpatia, de curiosidade, de reprovação por algum descuido. A fortuna, essa coisa estranha e alheia, os surpreendeu ali mesmo.

Monique serve os *chiles en nogada*. O cheiro desperta o apetite de Pura. Enquanto comem, conversam sobre coisas que poderiam ser de um dia qualquer, de vinte anos atrás ou de amanhã. Pura saboreia com prazer o recheio doce do *chile*, a romã fresca e crocante, um suave toque de pimenta e nozes.

— Você é uma mulher bonita – diz Monique.

Pura mede as palavras. Percebe que naquela manhã vestiu apenas uma blusa sem mangas, justa, sem sutiã.

— Ainda não conseguiu chorar?

Não responde.

— Venha.

Monique pega a mão de Pura e a leva até o quarto. Pura se deixa levar, aliviada por se mexer, de ir a algum lugar. Iria a qualquer lugar, sem olhar para trás e também sem olhar para frente. Apenas olharia as pontas dos seus pés. Somente os passos são verdadeiros, pensa, como naquele bosque em que se perdeu com ele, antes de segui-lo em uma longa e errática viagem até o Vale do Danúbio, às montanhas... Como era o nome? Aquelas, de nome gelado...

Diante do mesmo espelho de corpo inteiro no qual ensaiava sua cara de choro, Monique a desnuda. Quase sem tocá-la. Mas a toca. Os mamilos endurecem. Aquela sensação tão rapidamente esquecida. O desejo de cair. O desejo de entregar o seu corpo a mãos estranhas.

Desce pelas montanhas dos Cárpatos. Não se sabe se para se transformar em um iceberg que vagará pensativo pelo mar Cáspio, em um pássaro de gelo ou em uma escuridão que paira, com gosto de mar. É tão amarga.
Mas desgela ao cair.

A ILHA NEGRA

você não sabe o que fazer para guardar
aquilo com o que sonhava e não queria.
Ernesto MEJÍA SÁNCHEZ

NÃO HÁ MÁGOA, nada o que condenar quando o amor acaba. Mas, então, o que deve ser feito? Viu Daniela abandoná-lo, partir como um enorme barco, carregado de tesouros e um destino sem volta. Ian se entregou, completamente vencido. Passaram alguns dias que lhe pareciam elásticos, intermináveis; resistia à dor, às respostas mais simples: embriagar-se, sair correndo ou adoecer de ansiedade. Vivia dissimulando a sua tragédia, passando pelos dias sem procurar nenhum consolo.

Ainda tinham uma viagem por fazer, já haviam planejado tudo meses antes com um grupo de amigos. Para pesquisar sobre santeria cubana, fariam uma visita a três mulheres de Batabanó. Cético, Ian observou como as três velhas de túnicas sujas e cabelos despenteados viam a sorte de seus companheiros, como jogavam os búzios para determinar os caminhos nos quais poderiam encontrar a boa ou a má fortuna. Não quis participar, mas uma delas se aproximou e colocou na palma da sua mão um novelo de fio branco. Você vai voltar, assegurou, aproximando o seu rosto agourento, de olhos claros. Nervoso, guardou o novelo no bolso da calça e brincou: Nem eu, nem o fiozinho.

O resto foi curtição, nas praias, nos bares. Evitava ficar perto de Daniela, e ela se despedia cedo do grupo. Numa madrugada, em La Habana, Ian se separou de seus amigos. Tinham bebido a noite toda e decidiram ver o amanhecer no Malecón. Sentiu um impulso. Saiu à procura das bruxas. Pagou um táxi que o levou de volta até o casebre afastado do povoado lamacento. Quem abriu foi a mesma mulher que lhe entregou o fio: Você é daqueles que não consegue partir, disse. O encarou com seu olhar zombeteiro, e deixou que ele entrasse.

Se sentaram um na frente do outro, entre eles havia um tronco velho e, em sua superfície escurecida, caiam os búzios e as adivinhações. Ian desejou que aquele tronco fosse um redemoinho estagnado, que pudesse fazer rodopiar seus desígnios e constelações dentro dele. Esperou que existisse um encantamento que lhe desse esperança. O quarto era sombrio; no chão havia velas vermelhas e amarelas, e numerosas figuras de santos agoniados, seus rostos eram a aflição, o suplício.

— Diga o seu nome – pediu a velha.

Ian tentou calcular a idade dela; não conseguiu. Podia ser muito velha, mas não tinha rugas no rosto. Seus olhos brilhavam.

— Seu nome – insistiu.

— Para quê?

Ela, repentinamente transformada em uma excelente secretária, colocou o livro grosso em cima do tronco:

— Aqui estão os que vieram procurar a magia porque a vida não era suficiente.

Disse o seu nome, e também, atabalhoadamente: Preciso que traga de volta a mulher que eu amo.

A velha tirou duas pequenas pedras. As colocou sobre o tronco e pediu a ele que pegasse as duas e escondesse uma em cada mão.

— Me diga – ordenou –, me deixe vê-las. Ian abriu as mãos —. Ela não voltará por vontade própria – arrastou as palavras com a sua vozinha rouca e vacilou —: Você quer mesmo ela de volta?

Sentiu um frio correr da espinha até a nuca, se arrepiou, mas teve coragem e pensou que nada de mal poderia acontecer. Colocou um punhado de notas em cima do tronco. A velha se ergueu e apontou com o indicador: Me dá o fio. Desfez o novelo e, naquele momento, ele percebeu que, na penumbra, também estavam as outras duas mulheres, à espreita, esperando. Uma se aproximou para puxar o fio, cantava uma reza. Então veio a outra e terminou a reza com uma tesoura. Os extremos foram cortados.

— Isto nos pertence – disse a primeira bruxa. Separou as pontas. — E este laço é seu. Chame-a, vai tocar profundamente no coração dela. Com certeza ela vai voltar.

No caminho de volta a La Habana, caiu mais uma vez, dessa vez no sonho. O taxista, um homem afável, fumava e assobiava alguma coisa, quem sabe um bolero. O vento morno e violento que soprava do mar infundia um aspecto de irrealidade a tudo. Não quis se fazer perguntas e nem tirar qualquer conclusão. Assim que chegou ao hotel, ligou para o quarto de Daniela. A persuadiu a irem juntos conhecer uma famosa praia negra. Somente agora, quando sentia que já não desejava Ian, aceitou o encontro. Agora que tudo estava terminado, poderiam se despedir de sua história e ser amigos, foi assim que ele fez a oferta, como um gesto de generosidade.

Deixam a ilha perfumada para trás e seguem por um caminho fedorento, pobre. Ela pergunta de novo: Aonde vamos? Mas ele nem sequer olha para ela. Prometeu levá-la para conhecer um lugar assombroso, uma praia negra. Atravessam a cidade e o campo em um taxi desconjuntado, em uma lentíssima fuga; o calor é terrível.

Aonde?

Finalmente param. Aqui, indica Ian apontando para o porto. Daniela não tem fôlego para mais perguntas. Esperam o transporte. Tem asas como um avião, mas essa ave metálica mal deixará de tocar a água para levá-los até a Ilha Negra.

Tudo é mar, ar, mesmo a terra. Entram, e ele, silencioso, se senta ao lado de uma das janelas. Ela estava tão cansada que não tinha notado como a sua raiva foi crescendo. Somente quando se senta e estica as pernas, a queimação no estômago a faz arquear; alguém coloca na frente do seu rosto uma garrafa de água, que recusa com um gesto descortês. Então, o mesmo homem lhe oferece rum: é um velho de olhos compassivos e boca sem dentes; a jovem recusa mais uma vez. Ian, pálido e suando, estende a mão, alcança a garrafa de rum e bebe um gole.

Quando finalmente descem, Daniela grita: Até onde vamos? O que você quer? Vem ver – diz, cabisbaixo, covarde –, a ilha, a praia é negra do outro lado, o mar também. Ela lhe dá as costas, procura angustiada um guichê para comprar o bilhete de volta. Mas ele a segura suavemente pelos ombros. Ela se deixa guiar. Entram em um hotel e, na metade do corredor, volta a parar bruscamente. Seu coração bate fora do corpo, veloz. Ele tenta conduzi-la novamente, mas, com um movimento violento, ela recusa. Mesmo sabendo que seu passaporte está na mala, a deixa cair no chão. Sem pressa, mas fora de si, sai com passos firmes.

No caminho, passa por mulheres do campo, amargas e sombrias, homens morenos, crianças que a acompanham como se brincassem com ela. Ao chegar à costa, sente como se asas se fechassem dentro do seu peito; a areia, o mar, são negros. Como se fosse noite. Por quê? Pergunta a um pescador de redes vazias.

— Tem um mármore negro neste lado da ilha. Mas a água é limpa – responde, sem parar.

Daniela caminha ausente, com o sol a pino. Acha o lugar pouco atrativo, nenhum turista se interessaria por ele. Entende por que as pessoas a olharam com curiosidade na rua. É uma intrusa e se sente mais intrusa ainda quando descobre que há um casal submerso no mar que não percebe a sua presença. Quase furtiva, para à sombra de uma árvore triste. Olha para eles descaradamente. São jovens. São como Ian e ela. Se abraçam, talvez estejam fazendo sexo, as ondas os empurram devagar. Se a água estivesse suja, seus corpos não brilhariam assim. Daniela se surpreende desfazendo metodicamente um pequeno novelo de fio que não sabe como chegou até as suas mãos.

Escuta a voz de Ian:

— Preciso te contar uma coisa.

O dia, isto é, essa paisagem fantástica na qual uma mulher e um homem fazem amor afundados em um mar que parece contaminado, iluminados pelo sol a pino, o dia, essa imagem, se despedaçou. Os fragmentos foram caindo, pedaço a pedaço, como se fossem o quebra-cabeça de um menino mimado que agora decidia desmontá-lo.

Daniela continuava rindo, e o quadro composto por Ian ia se enchendo de rachaduras. Acreditou que, se lhe contasse tudo, sobre as bruxas, o feitiço, aquele fio, quem sabe ainda poderia fazer que aquele fabuloso barco que era ela navegasse em sua direção. Mas o barco caiu na gargalhada e não deteve o seu caminho.

O crepúsculo passou, Ian se levantou inseguro, cambaleante. Ao esticar os braços, esticou também alguma coisa muito fina, que o cobria por inteiro, envolto em um fino casulo que uma obstinada fiandeira teceu para ele. Limpou o rosto, tirou alguns fios dos olhos. Estava só, ainda assim virou, procurando, contemplando o horizonte.

Caminhou até o mar e, quando colocou os pés na água, teve a impressão de entrar em uma gigantesca lágrima turva.

ANAGNORISE

A mensagem obscura que se há de transmitir
nunca nos foi dita,
mas é preciso repeti-la sem mudar uma sílaba.
Tomás SEGOVIA

UMA MULTIDÃO DE CRIANÇAS mutiladas pela guerra. Não são bárbaros. São os seres mais vulneráveis e generosos que existem. A crueldade fria que repousa sobre sua terra não os contamina.

Mara, que estava contente com seu novo lenço no pescoço, de repente parece um inseto grudado no assento. Reconheceu rapidamente o filme iraniano. Foi paralisada por uma dor. Antiga? Desconhecida? Ainda que lamentasse, não conseguiu ignorar a tela. Nervosa, de vez em quando desviava o olhar na direção da tranquila floresta que o ônibus atravessava para chegar à Cidade do México. Também abriu o livro que tanto queria ler. Foi inútil. Se rendeu àquele menino que, no filme, chamam de "Satélite", o que comandava os outros à procura de minas. Todos querem trabalhar com ele, mas Satélite é seletivo, não pode dar trabalho para todo mundo. Ele sabe quais são os melhores procurando minas: os mancos, os coxos, os que foram mutilados, diz, porque eles não têm medo.

Como é uma criança sem medo?

Fechar os olhos. Era o que faltava tentar. Mas então se lembrou do rosto do menininho cego. O viu novamente com as suas botas azuis, a voz com que chamava a menina de "mamãe". Onde estavam esses três personagens? O terceiro era o irmão mais velho, que não tinha braços. A menina tenta se desvencilhar do cego, o abandona em um campo minado, por que não gosta dele? Vicent não soube responder daquela vez, quando chegaram em casa cansados do trabalho e ligaram a TV para se distrair. Faziam isso para não precisar conversar, pois as suas palavras iam tornando-os cada vez mais ásperos e distantes.

Ele adorava filmes estrangeiros e propôs: "Vamos terminar de assistir, não faz mal que esteja pela metade".

O menino cego deve ter uns três anos. O amarram com uma corda em casa para que não fuja. Quando vão ao campo, como o irmão mais velho não tem braços e a menina precisa fazer coisas e pegar água no poço, amarram o menino em uma árvore. Talvez a menina se contenha um pouco e não consiga assassiná-lo devido ao grande apego que o irmão mais velho tem por ele: é bonito de ver a ternura que existe entre eles, o garoto se abaixa para que o menino sinta o seu rosto e se agarre a seu pescoço.

Crianças crescendo entre minas.

Abriu os olhos. Com uma urgência dolorosa, precisava saber. Ninguém dentro do ônibus podia imaginar o que estava acontecendo, como se controlava, como sentia um nó na garganta, como era estranho sentir aquilo e escutar as passageiras dos assentos de trás; uma delas se queixava de uma secretária que tinha desligado o telefone na sua cara. "Uma vagabunda", exclamava.

Satélite não foi mutilado, se apaixona pela menina rude que rejeita o irmãozinho. Mara acha bonito ver o menino apaixonado, mas a história que a mantém presa ao filme é justamente a do pequeno cego e sua mãe-menina. Poderia abdicar do resto do filme, queria abrir mão do resto, mas então acontece um *flashback*. Um caos. No meio da guerra, a menina é violentada e seus pais são assassinados. Só lhe resta o irmão mais velho, que acabou de perder os dois braços em uma explosão. Termina a sequência de imagens do passado. É noite, aparecem as três crianças deitadas. Ela não consegue dormir. Pede ao irmão mais velho que a deixe se deitar junto do pequeno, para ver se consegue pegar no sono, mas ele responde: "Enquanto você não amar o teu filho, não vai conseguir dormir".

A ilusão de um casamento feliz acabou logo. Mara costumava se perguntar o que havia procurado em Vicent. Uma proteção, um amigo, um companheiro. O que encontrou foi a indiferença, a falta de coragem para dizer não, obrigada, e ficar sozinha. A curiosidade que repentinamente se refletia nos seus olhos, as perguntas que não souberam fazer um para o outro, mas que certamente não tinham nada a ver com amor. Não é que tenha se desgastado ou acabado. Não existiu. Nem Mara nem Vicent pensavam que era necessário.

Era?

Mara formulou aquela pergunta: "por que ela não gosta do menino?". Vicent pensou um pouco e disse que, sem importar o motivo, era claramente melhor que o cego morresse. Que se a menina o matasse estaria demonstrando um gesto de amor ao livrá-lo de uma existência miserável. Que isso deveria ser feito com as pessoas que sofrem, com aqueles que não têm uma oportunidade porque o mundo se encarregou de acabar com todas elas. Fazia tanto tempo que não conversavam. Era surpreendente que agora trocassem mais de duas palavras e que não tratassem de algum assunto prático. Mas eles não percebiam.

— Por exemplo – continuou –, se você estivesse numa situação assim, extrema, digamos, ia querer depender de mim pra cagar e comer?

— Você disse que esses meninos deveriam ser mortos.

— Claro. E que outra coisa poderia ser feita por eles? O cego ria com os olhos bem abertos.

Mara pensou na conta de luz, guardada na sua bolsa. Era preciso decidir quem ia pagar.

— Nossa, a conversa estava tão boa que nem percebi que estavam passando um filme – disse uma das mulheres do ônibus.

Enquanto as pessoas desciam, Mara ligou para Vicent. Mesmo separados, de vez em quando se falavam para dizer coisas educadamente, orgulhosos de sua cortesia. Rapidamente lhe contou a história que, naquela ocasião, não tinham entendido. As razões pelas quais aquela menina não amava o filho, desejando com fervor a sua morte. *Você entende? Não era porque era cego, era ela quem estava na escuridão...* Crianças que falavam de frente com a morte.

Os papéis do divórcio não trariam uma cláusula sobre essa trama. A história medíocre da vida que levaram juntos jamais passaria no cinema. E, no entanto, era imprescindível contar para Vicent, revelar-lhe a base do iceberg, esse corpo tão gelado quanto o casamento que ela decidiu terminar no mesmo dia em que viram o filme.

79

Sua mão doía pela força com que apertava o telefone, falou com toda a gratidão que pôde porque percebeu que estava se despedindo pela última vez de um cadáver insepulto. E ele tinha o seu rosto.

O AR DAS BORBOLETAS

ERA UMA PAISAGEM QUE ELA CONHECIA desde menina. Seu pai costumava levá-la ali para se sentar no quebra-mar até que seus olhos se enchiam com aquele azul em movimento. Ou até que a alma aportasse em algum escuro vazio do seu corpo, ao invés de rodopiar como uma borboleta esfomeada. Gostava de perguntar ao pai do que as borboletas se alimentavam, e ele, um homem do campo muito simples, lhe respondia:

— De um pouquinho de ar.

Naqueles tempos não podiam pescar, o governo tinha proibido que tivessem embarcações pois, certamente, ao invés de ir procurar o que comer, fugiriam para longe. O rei não pode ficar sem os seus súditos.

Sua mãe a ensinava a usar as tintas que deixaram cair de um avião junto com brinquedos para as crianças. A sua cor preferida era o azul da Prússia.

A mãe pintava paisagens marinhas nas quais quase sempre aparecia uma rede pendurada entre duas palmeiras. Dentro dela, um pequeno vulto escuro:

— Esta é você, dormindo.

Dizia.

Aqueles quadros bucólicos, que gostava tanto quando era pequena, agora lhe pareciam horrorosos. Às vezes tinha um pesadelo no qual uma tempestade escurecia o céu e levava tudo. Mas a rede não se mexia, permanecia intacta com ela dentro. Isso a fazia pensar na morte.

Diante do quebra-mar, deixa que as suas lembranças evaporem. Uma mãozinha puxa o seu vestido e no mesmo instante retorna a sua angústia: essas três crianças. Não tem como dar tintas a elas, nem como contar um conto para que se esqueçam. Pensa, então, que não se sentem como ela. Ela é a única viúva.

Há alguns dias compreendeu que precisavam ter esperança. As crianças e ela. Seu pai a levava ao quebra-mar; faria o mesmo. Nunca tinham visto o mar, nem nada parecido.

Pediu que se dessem as mãos e saiu com elas. Um caminhão parou e aceitou levar o grupo até o povoado seguinte, passageiros improvisados. As crianças se debruçavam para ver o caminho de terra e faziam festa com qualquer coisa; brilhavam estrelas naqueles olhos escuros.

Quando chegou em frente ao mar, ficou em silêncio, com os olhos fechados, ereta, uma chama que a brisa não consegue apagar. O cabelo comprido batia no seu rosto. As crianças corriam de um lado para o outro, longe, gritavam e riam. Então pararam e escutaram o mar. Conheceram o seu silêncio e o seu canto. Não podiam imaginar a sua violência. Ela voltava para a sua infância lenta e suavemente, como a lágrima que escorria pelo seu rosto. As borboletas. O ar de que se alimentavam, a pergunta que conseguiu não fazer, *pai, quem vive de ar?*

Uma das crianças veio correndo em sua direção e puxou o seu vestido. A encontrou distante, deu meia-volta, como se tivesse se lembrado de uma missão importante, e continuou correndo.

Abriu os olhos. Lá, entre as ondas, as gaivotas voavam em círculos. As rapinadoras celestes. Quem sabe um peixe morto do qual estivessem comendo a carne. Conteve a respiração. Virou procurando os filhos, os mais novos jogavam bola de gude no chão. O mais velho estava sentado no quebra-mar, com os pés balançando no vazio. Embaixo, as ondas quebravam sossegadas. O menino estava olhando fixamente para o espetáculo das gaivotas. Encantado, umedecia os lábios com a língua.

Ela se aproximou devagar.

— Vou te trazer aquele pássaro – apontou para a gaivota. E pulou.

O VAZIO

A Antonio Ramos Revillas

DIRIJO OS MEUS PASSOS até o quarto do bebê. Não consigo chamá-lo de "filho". A porta se abre suavemente, a luz tênue de um abajur ilumina o berço. Ao lado, num futon, o pai dorme exausto. É uma imagem desoladora. Onde está a mãe dessas duas criaturas? Levo minhas mãos ao ventre: um vazio, ali onde o pequeno cresceu até o dia do nascimento. O fantasma da dor não me deixa dormir.

Na noite mais profunda, a noite do insone, me levanto para andar pela casa. Pareço sonâmbula, mas sei que não sou. Olho para os cantos da casa e sinto vontade de chorar. Não sei explicar por quê.

Procuro, procurei entre as minhas mãos as surpresas que saem da cartola do mágico. Nada.

Minha fé muda de lugar. Minha bússola errante, essa fé pequena.

Acordei com seu choro desconsolado, fui vê-lo e fiquei parada com os braços apoiados na grade do berço, observei com atenção seus traços, tão indefinidos, o que o fazia meu? Qual indiscutível semelhança?

Senti o impulso de pegá-lo, mas não teria sido um gesto sincero, senão um arrebato, um ato ditado mais pela impaciência, pelo cansaço de escutar seus berros, do que um ato de amor. Então ele chegou, e, como eu não fazia nada para consolar a criança, me chamou de "monstro".

Estou sozinha nesta incompreensível espera por um ato de amor. Meu. Enquanto o menino chorava, o pai, com olhar inflamado, o tirou do berço. Era tão pequeno que podia segurá-lo com apenas um braço, com o outro me empurrou.

Eu não queria pari-lo. Gostava de sentir como se movimentava, um contorcionista sem limites. Sonhava que gestava um navegante, um marinheiro de abismos. Costumava me sentar para contemplar o jardim e ele entendia aquele momento de paz, ficava quieto para se tornar apenas uma vibração, um pressentimento. Cheguei a acreditar que seria assim para sempre. É por isso que não entendo o que aconteceu? A agitação do hospital, o parto, as visitas, as flores.

O vazio que me tornei.

O leite ainda escapa dos meus seios, o esgoto e jogo na pia. "Não serve", lembro a ele quando me lança seu olhar de crítica. Tento me desculpar por ser um vazio desnecessário nesta nova vida que ele já organizou: prepara mamadeiras, troca fraldas, dá banho no bebê. Ocupa-se por inteiro. Não imaginava que as coisas seriam assim. "Para de olhar, você só sabe fazer isso, olhar!", grita, enquanto esconde entre os braços o pequeno corpo da minha angústia, aquele menino. Sou uma estranha na própria casa.

As únicas coisas que a desconhecida consegue fazer sozinha é se limpar e esgotar o leite, um líquido venenoso. Depois que o menino vomitou várias vezes, o médico disse: "Seu leite não é bom para o bebê". Deu a notícia enquanto a enfermeira se esforçava para que a criança pegasse o meu peito. Subitamente liberada, afastei-o de mim e virei para o outro lado da cama. Dormi.

O pai não permite que eu me aproxime para olhá-los. Esse lado da casa já é um território hostil. Temos uma empregada que traz a comida três vezes por dia até o meu quarto. Comida de doente: coisas pastosas, sem cor. Devem ter contado a ela alguma mentira para justificar o meu comportamento. Desconfio que colocam alguma coisa na comida, porque depois de comer, embora não de imediato, caio num sono profundo. Enquanto vou apagando, percebo como os familiares passam na frente da minha porta, escuto como cumprimentam o pai, brincam com o menino, entregam presentes, conversam sobre o meu "estado". "Medidas necessárias, obrigá-la...".

Às vezes não como e, pela janela, posso vê-los se afastando, olham de canto, sabem que estou aqui, me evitam. Conversam entre si. Disseram alguma coisa, decidiram alguma coisa. Me deito de novo, fecho os olhos, quero fazer de conta que estou dormindo. Para enganar quem? O fingimento traz um efeito inesperado, chega a letargia e, depois, o sono.

Não sei por quanto tempo dormi. Desta vez acordo com a risada do menino. Tenho dificuldade para reconhecer as paredes, o teto, a casa. Fico imóvel na cama durante um tempo. É um barulho encantador. Continua rindo. Mas uma criança tão pequena consegue rir desse jeito? Ponho os pés no chão frio e sinto cócegas que me fazem sorrir. Talvez um sorriso gélido, mas autêntico. Saio do quarto intrigada, a risada continua. Sigo esse rastro feliz.

A casa parece deserta. Não vejo a empregada, sempre a postos e me vigiando. O menino está no meio da sala, sozinho, sentado em um tapete branco; se lambuza com um hidratante. Os braços e as pernas estão brancos. Uma vertigem me visita, me encosto na parede. Quanto tempo passou? Já consegue se sentar sem ser vencido pelo peso do seu corpo. Cresceu. Também está sozinho. Dá mais uma risada e, na sua brincadeira, dirige o olhar para onde estou. Vejo um dente nascendo naquela gargalhada. Levanta os braços e os estende para mim.

VIA LÁCTEA

PARECIA UMA CENA de filme antigo. A estação de trem abandonada em um lugar longínquo. Uma mulher jovem, sozinha, desagasalhada, esperando na plataforma o trem que não chega. Um trem que a levará para muito longe na sua fuga. O cabelo comprido, agitado pelo vento gelado. Um farol com uma potente luz branca iluminava a noite e revelava olheiras profundas no seu rosto magro.

Quando a vi, na verdade não vi nada disso. À primeira vista, não me despertou interesse, eu esperava o mesmo trem, mas não fugia. Estava incomodado pela falta de pontualidade do transporte, tinha negócios inadiáveis. Mas alguma coisa me chamou a atenção. Algo que ela parecia não notar: sobre os seus seios, ou melhor, sobre a blusa que vestia, cresciam duas manchas claras.

Percebeu que eu as olhava fixamente, mas não fez nada para se cobrir.

— Senhor? – se aproximou para pedir que eu acendesse um cigarro que não sabia de onde ela tinha tirado. Devia estar com ele há muito tempo, pois estava torto e enrugado.

Acendi o cigarro desajeitadamente, atrapalhado pelo meu nervosismo. Inclinou a cabeça e os seus lábios se mexeram.

— É leite. Ainda tenho.

Disse com uma voz muito baixa.

Continuou falando alheia à minha presença, como se conversasse consigo mesma.

— Faz três dias que nasceu, às 12h55m. Capricorniano. É um menino – sorriu de modo fugaz –, pesa três quilos e mede cinquenta e um centímetros.

Tossi. Meu olhar procurando a criança nos seus braços vazios deve ter parecido estúpido. Percebeu e se encolheu, como se sentisse muito frio. Ou quem sabe não sabia o que fazer com os braços.

— Sabe? A dor é uma coisa misteriosa. Não acaba com o parto. É infinita. Inclusive agora sinto muita dor...

Perguntei se podia ajudá-la. Me sentia cada vez mais idiota. Ela aparentava precisar de tudo. Não estava com nenhuma mala. Apenas com o cigarro, como se tivesse decidido partir de repente e soubesse, como qualquer um no fundo sabe, que a única coisa indispensável para a fuga é se levantar. Se aproximou enquanto exalava a fumaça.

— Como o senhor poderia me ajudar? Veja – deixou os braços caírem ao lado do corpo.

O leite já ensopava a blusa.

— A dor dos peitos cheios é horrível. Parece um castigo.

Me controlei para manter o olhar no seu rosto. Seus olhos também estavam cheios.

Quem é você? Perguntei a ela em pensamento. Quer ler a minha mão? Está procurando um homem, um pai para o seu filho? Você ganha a vida assim? Cruzou de novo os braços sobre os peitos e virou na direção dos trilhos, absorta.

O trem se aproximava. Nunca fiquei tão feliz com a sua chegada, agora tinha mais pressa do que antes. Estava comovido pela moça, mas à medida que o trem se aproximava, minha comoção diminuía.

Pensei em pegar a carteira, mas não sei o que me impediu. Um pudor imprevisto. Pensei que se ela quisesse dinheiro, já teria me pedido. E tive medo de magoá-la ainda mais.

Lhe dei a vez para que entrasse primeiro. Olhou para trás, como se continuasse uma longa conversa:

— O senhor tem filhos?
— Não, não tenho.
— Por quê?

Encolhi os ombros.

— Boa viagem – lhe disse.

— E a felicidade?

Ia dar um afago nas suas costas, mas me contive. Não queria parecer um velho assanhado e muito menos um avô compreensivo. Não quis pensar nela. Dentro do trem, procurei um assento longe do dela. Estava quase pegando no sono quando tive um sobressalto. Alguma coisa no meu corpo, uma maré escura se mexia dentro do meu peito.

E a felicidade?

Foi então que senti o primeiro movimento. Um rodopio. Aquela garota tinha me engravidado. De dor, de tristeza, de impossibilidade. O que seria de mim agora, com minha maleta de negócios e tamanha desolação? Capricorniano. Era um menino, pesava três quilos e media cinquenta e um centímetros... Olhei pela janela, a noite sem fim. O vidro do vagão me devolveu a expressão serena, apagada, de alguém com o meu rosto. Esse alguém se assustou ao se sentir observado, piscou várias vezes e esfregou os olhos. Caindo em si, finalmente suspirou.

REAL DE CATORCE

MEIA-NOITE. A estrada de paralelepípedos tornava-se quase imperceptível diante dos grossos dardos que caiam do céu sobre nós, silenciosos corpos cálidos, viajando em um carro azul.

A tempestade era magnífica, bela e aterradora. Os relâmpagos iluminavam o deserto, a matéria daquelas árvores que eu não gostava de ver: pareciam inacabadas, pássaros depenados ou ramos escuros, calcinados.

Não queria ter feito aquela promessa, disse em um tom tão baixo que nem eu mesma me escutei. A tempestade consumia o espaço. Ele fixava o olhar no horizonte, como se pudesse ver mais além e não estivesse tão cego quanto eu. Eficiente copiloto, segurava o freio de mão. Avançávamos com dificuldade, o perigo não era a velocidade. A escuridão, a chuva, sim.

Uma caminhonete passou do nosso lado a uma velocidade suicida. Devia ser alguém que conhecia muito bem o caminho.

No banco traseiro, o meu filho gemeu.

— Acordou? – perguntei ao pai dele.

— Vou pra trás – disse, tirando o cinto e esbarrando em mim.

Escutei como falava com a criança, com uma ternura que sempre me surpreendia. Quando nos conhecemos, simplesmente não conseguia imaginá-lo como pai. E se tornou o mais esmerado e carinhoso dos pais, tão prestativo e solícito que me desincumbia de minhas tarefas maternas. Quando o menino era bebê, ele fazia quase tudo: o carregava para que eu não me cansasse, gostava de preparar o banho, trocar as fraldas. Praticamente só fui necessária para a amamentação, que se prolongou durante o tempo que o pai tinha pesquisado que era o necessário: um ano. Perplexa e incapaz de desobedecer, durante esse tempo fiquei sem trabalhar e me alimentando bem para ter um bom leite para o menino. Me sentia, e acho que sempre vou me sentir, culpada pelo primeiro impulso que tive ao saber que estava grávida. Procurei todas as informações possíveis para fazer uma curetagem, mas não tive coragem. Mesmo não tendo coragem, a marca de criminosa culpada ficou gravada na minha alma impura. Quando anunciei que estava grávida, já me sentia feliz de dizê-lo.

Me casei com aquele homem admirável que se dividia em três: o pai perfeito, o marido que cuidava da minha depressão pós-parto e o provedor que resolvia seus negócios por internet ou telefone.

Não sei por que achava estranho ter hoje o que havia desejado tanto em uma tarde, anos atrás, depois de terminar o meu primeiro casamento e chegar à igreja de São Francisco de Assis, em Real de Catorce. Naquelas paredes encontrei esperança, porque lá estavam os testemunhos de milhares de fiéis que receberam a graça do santo na forma de um milagre. Curas, solução de problemas legais, gestações impossíveis, o retorno de entes queridos.

A igreja inteira era uma fonte dos desejos. Bastava prometer voltar para agradecer o milagre e deixar o testemunho na parede do santuário. Pedi com toda força algo que certamente não causaria nenhum incômodo a São Francisco: uma família. Um milagre humilde, mas uma coisa que nunca tive.

— Está com febre – escutei a voz do meu marido, tentando parecer tranquilo.

Tentei acelerar. Parecia que a chuva aumentava na mesma proporção.

— Fique calma, acho que não estamos longe.

O caminho parecia interminável, eterno. Apareceram umas luzes ao longe: a entrada do velho túnel para o povoado. Lembrei dos dois telefones em cada extremo do túnel: dois vigias coordenavam a passagem dos carros, pois só passava um de cada vez. Me mexi no banco, medindo as palavras que deveria dizer ao vigia: que era uma emergência, que meu filho estava muito doente e que me deixasse passar por primeiro.

Suspirei. Os vidros estavam embaçados, então abri um pouco para que entrasse ar. O que entrou foi água, fechei rapidamente.

— Como ele tá?
— Na mesma. Se concentre na sua tarefa.

As suas palavras me machucaram. Dirigir era tarefa minha. A amamentação tinha sido tarefa minha. Quando o menino cresceu, enquanto eles brincavam eu preparava a comida (tarefa minha), e, quando se sentavam à mesa, tinham um olhar cúmplice que não compartilhavam comigo. Depois a minha tarefa era lavar a louça e vê-los brincar no jardim, enquanto eu ignorava como romper esse cerco, como fazer parte de algo que me parecia alheio. Algumas vezes me conformava pensando que era a minha falta de imaginação para inventar brincadeiras divertidas, meu filho se entediava rapidamente quando eu tentava brincar com ele.

Escutei de novo o gemido da criança, que claramente disse *mamãe*. O pai respondeu que nós dois estávamos ali, que não precisava se preocupar. Pelo retrovisor, vi como tirava o cabelo dos olhos dele:

— Por favor, não se distraia! Dirija com cuidado!

Meu filho me chamou de novo. Estávamos chegando na entrada do túnel, o vigia me cobrou o pedágio. Pegou o telefone para avisar que íamos passar. Perguntei se conhecia um médico ou um hospital e me indicou o ambulatório do povoado.

Então entramos no túnel iluminado. Já não se escutava o estrondo da chuva, somente o barulho do motor. Ia o mais rápido que podia. Então, um relâmpago interno, no meu corpo, no meu sangue, me iluminou. Freei bruscamente no meio do túnel.

Desci correndo e abri a porta traseira, tirei o cinto de segurança do menino e entrei no carro com ele no meu colo. Queria abraçar o meu filho, cantar para ele, precisava lhe fazer companhia. Estava cumprindo a minha tarefa, a maior delas. O pai dele gritou perguntando que diabos eu estava fazendo, que tínhamos que chegar ao povoado e encontrar um médico. Não sei mais o que ele disse. O menino estava grudado no meu corpo, eu sentia os seus escalafrios, a sua febre, esse menino que um dia eu não quis e de quem por nada deste mundo eu conseguiria me afastar agora.

O carro começou a andar aos solavancos, meu marido não sabia dirigir. Não era tarefa dele. Fechei os olhos para dizer a São Francisco de Assis que não vim a Real de Catorce para devolver o que ele me deu.

Que ele que se dane e que era isso que eu ia escrever no papelzinho para pendurar na parede da igreja.

O FOGO DA SALVAÇÃO

QUANDO ERA PEQUENO ficava sempre à margem do mistério, sentado em um canto da calçada. Os que passavam por ali me davam dinheiro, quando o que eu queria era poder entrar. As portas da taberna, asas destruidoras, mal me deixavam espiar, descobrir entre a nuvem de fumaça e a música os segredos mais misteriosos. Só conseguia ver os pés que iam e vinham, os sapatos femininos com os saltos gastos. O cheiro da taberna: a fumaça de cigarro, o ar viciado de álcool. Ainda que às vezes me causasse náuseas, a minha curiosidade era maior: Do que riam? O que apostavam? Por que, em algumas ocasiões, aqueles homens grandes que pareciam deuses ao entrar saíam como se estivessem sozinhos e perdidos? E aquele letreiro infame: Proibida a entrada de crianças, animais e uniformizados. Outros letreiros também incluíam as mulheres. Vez ou outra minha mãe ia me buscar, passava por cada uma das tabernas da rua Leandro Valle, descia pela Matamoros até chegar à Galeana. Precisava aguentar as gracinhas cada vez que entrava para ver se eu tinha conseguido passar despercebido, até que finalmente me encontrava sentado na frente de uma delas, distraído com meu pião colorido. Me levava para casa pela orelha e, quando chegávamos, era a vez da bronca do meu pai.

Não entendiam por que eu gostava das tabernas. *Ninguém te dá este mal exemplo*, diziam. Era verdade. Eu tinha me afeiçoado aos bêbados maltrapilhos que entravam e saíam, às garçonetes que andavam rápido e com a cabeça baixa. Certa vez, chegou um senhor em um carrão, ficou de pé na entrada, acariciando a porta com a ponta dos dedos, sem se atrever a dar um passo adiante. Virou para me olhar, estava com os olhos arregalados. *Não consigo*, disse como quem se desculpasse. Não sei como, mas compreendi que ele estava muito triste, então me levantei, empurrei as portas e segurei para que ele pudesse passar. Sorriu aliviado. Me agradeceu e entrou.

Certa tarde, levaram um rapaz para vomitar na rua e ele sujou os meus sapatos. Aquela foi a última vez que fiquei do lado de fora de uma taberna. Minha mãe me viu chegando em casa. Deixou de lado a bacia de roupas que lavava, tirou os meus sapatos, os limpou com todo o cuidado e fez que eu os calçasse novamente. Estava quieta, mas senti que dentro dela havia muitas palavras. Pegou a minha mão e, quase me arrastando, me levou para a rua. Chegamos à taberna, a mais feia, a mais suja, a mais pobre. Justamente aquela que proibia a entrada de crianças, mulheres e cachorros. Minha mãe, que carregava um cansaço muito antigo, ergueu os ombros. Pela primeira vez a achei bonita, incomparável. Piscou para mim e empurrou a porta, tranquila, sem pressa. Fez com que eu entrasse primeiro. No balcão, pediu duas cervejas.

A MORTE MAIS BRANCA

SEU PAI TAMBÉM ERA um homem muito bonito. Tinha a pele brilhosa e os olhos como duas esmeraldas. Havia machucado o tornozelo no campo e o filho, meu amante, precisava substituí-lo no trabalho. Certa tarde, enquanto os demais semeadores colocavam o amendoim para secar nas ruas do povoado, o pai me pediu água para tomar um analgésico. Não tinha, foi mais fácil conseguir um pouco de gelo e esperar que derretesse – o que acontece muito rapidamente em um lugar como este, o meridiano do inferno. Enquanto o gelo se desfazia sob o meu olhar impaciente, soube que naquele povoado ninguém agonizava, ninguém vivia tanto, ninguém sofria como eu.

Ele tinha pegado um facão e ido colher sob o sol. Desde que cheguei para procurá-lo, já fazia uma semana, este era o primeiro dia em que nos separávamos. Não faltava muito para ele voltar. Logo entraria, alto e sombrio, com o coração a galope. Faminto, beijaria as minhas coxas e morderia os meus pulsos, me levaria com ele para uma enorme cama sobre o mar, um Mediterrâneo secreto, nosso. Me arrebataria sem se preocupar com a água para seu pai, sem se preocupar com ele ou comigo, preocupado apenas em saciar o seu desejo.

Levei a água para o doente. Era um homem jovem, do seu corpo emanava o desespero de não poder se levantar para ir ao campo cumprir com as suas tarefas. Me olhava com franqueza, um olhar fixo como se quisesse evitar que algum detalhe escapasse. Também o olhei. Sorrimos. Engoliu o remédio. Continuou sorrindo, com o semblante de um amigo ou de um conhecido querido. Mal tínhamos visto um ao outro, não me preocupava em gostar dele. Desde que cheguei na sua casa estive trancada com o seu filho. Mas me sentei na cama e examinei o tornozelo inchado sem saber muito bem o que fazia.

— Você precisa ir ao médico – disse.

Assentiu vagarosamente.

O vento entrou e balançou as cortinas rasgadas. O quarto era austero, o descaso reinava. Sua voz, rouca e firme, me sobressaltou:

— Faz muito tempo que nenhuma mulher mora aqui, desde que a minha esposa morreu. A mãe do meu filho.

Encolhi os ombros:

— Eu também não vou ficar.

Fez um sinal para me pedir a carteira de cigarros que estava em cima da mesa de cabeceira. Lhe dei um *popular* e coloquei outro nos meus lábios. Me inclinei para que acendesse o meu cigarro, durante alguns segundos nossos rostos ficaram muito perto um do outro. Uma sensação estranha percorreu todo o meu corpo. São tão parecidos, pensei. Dois bonitos leões. Também se inquietou, fingiu se concentrar em outra coisa, na fumaça. Me levantei para me apoiar no batente da porta.

— Aqui sempre é assim tão quieto?

— Sim.

O cheiro e o sabor deste tabaco são tão fortes. Amanhã pensarei na ilha, cada vez que a fumaça...

— Quando você vai? – voltava a escutar aquela voz forte.

— Amanhã. Hoje. Não sei.

— Vocês.... vão me deixar louco – sua voz falhou.

— Como assim?

— A casa é pequena... escuto tudo. E os barulhos. Os barulhos de vocês... Onde posso ir com o pé desse jeito... – Parecia se desculpar, mas sem o titubear das palavras, os seus olhos continuavam fixos em mim.

Houve um longo silêncio. Nos contemplamos sem constrangimentos. O homem perguntou então:

105

— Você vai escrever pra ele depois?

— Não.

— Não.

— Nunca.

Continuou fumando, de repente com o pensamento longe. E como se o seu abrupto distanciamento fosse uma permissão para que eu saísse, fui caminhar entre as pessoas que olhavam a estrangeira e ouviam receosos os seus passos sobre a lama. Andando pelas ruas atapetadas pela colheita secando, pisei no amendoim acidentalmente, ele fez um barulho doloroso. Uma menina negra se aproximou e pegou a minha mão direita com avidez, puxei instintivamente, mas a menina insistiu. Cedi.

— Boa sorte, amor e vida longa, que os seus filhos sejam muitos e sábios. Me dá uma moeda – disse ansiosa. Não tinha moedas, a menina foi embora desiludida, e eu também. Por um instante acreditei que da boca daquela menina adivinha poderia sair uma revelação, algo surpreendente. Alguma coisa que me descompusesse e me obrigasse a medir as palavras antes de dizer a ele que iria embora, que jamais ficaria em um lugar tão angustiante como aquele. Na verdade, me sentia assim em qualquer lugar.

Com todas as minhas forças e sem nenhuma fé, pedi a Deus uma outra alma, porque esta era pobre.

Quem sabe fora de mim fosse possível ver por que tantas coisas se desfaziam, tantas que os meus ombros vencidos começavam a me arrastar para uma queda lenta, mas definitiva. Não conseguir parar. Nada cresce onde eu piso. Minha solidão avança salgando a terra.

E continuei andando.

Pelas ruas, os camponeses e suas mulheres pareciam tão bonitos, cobertos com roupas muito leves para aguentar o verão. Um pouco mais adiante, encontrei um jovem, passou a mão pela braguilha e, se acariciando, me convidava. Seu rosto era moreno e fino, estava com uma regata. Perguntou de maneira jocosa por que eu estava sozinha. Não respondi nem parei, mas sorri com o meu corpo inteiro.

O crepúsculo incendiava as ruas com olor a tabaco, risadas e uma sensualidade escorregadia que cheirava a rum dos camponeses, aguardente, luz-ardente. O desconhecido me seguia, assoviando. Escutei quando disse que ninguém passa duas vezes pelo mesmo lugar. Virei rapidamente e ele me agarrou, me cheirando e passando a língua pelo meu pescoço, pelo meu rosto; me apertou e quando disse *venha* já me levava com ele. Fomos até o campo. Dois cachorros famintos.

Quando peguei o caminho de volta, não sabia como poderia andar à noite, até que vi a lua. Sua frieza poderia ter me enlouquecido, mas o meu amante me encontrou. Vinha bêbado, cambaleando, com o cabelo solto sobre os ombros. O mesmo olhar de esmeralda de seu pai. Veio com as mãos dentro dos bolsos da calça, triste e derrotado como eu, veio com os olhos que eu teria amanhã, os olhos de quem já não está aqui, mas... Onde? Lhe mostrei o meu novo sorriso, o que aprendi com a cachorra no caminho. Não compreendeu o que aprendi naquela tarde e se deitou em cima de mim. Suas carícias eram soluços. Entrávamos na monção em pleno deserto.

A lua, cheia e agourenta, flutuava no céu como um balão prestes a estourar. Ao arrebentar, fez um barulho de ossos se quebrando, depois um silêncio de luz ou cinzas caindo, uma substância pálida que verteu sobre nossas cabeças a morte mais branca. A petrificação.

UMA VIAGEM COM OBSTÁCULO

LÁ, NOS DIAS DA MINHA INFÂNCIA, o mar da minha avó foi um antídoto contra a dor.

Naquelas terras secas, aos pés de um vulcão que cuspia cinzas, as grandes extensões de água só podiam ser uma incrível ilusão. Sob a luz da fogueira, prometi a ela que iríamos juntas ver o mar. Jogávamos no fogo pedaços de madeira que levantavam brasas e pareciam estrelas saídas dos nossos corpos. Sei que aqueles olhos flamejantes da minha avó nunca deixaram de esperar por aquela viagem.

Na maré da minha vida, com o passar dos anos, o povoado e a minha avó foram ficando para trás. Evitei o mar porque era uma dívida que tinha com ela. Até que ela quase morreu.

Minha mãe me telefonou:

— Tá na hora de cumprir a promessa.

Silêncio. Fiquei muda, não soube o que responder.

O regresso, os cheiros, o pó dos caminhos terra adentro me traziam a minha infância. Uma menina com tranças compridas, olhos escuros e chorosos. Uma menina terrível que chorava por qualquer coisa. Filha única, como minha mãe, como minha avó.

Minhas lágrimas, herdadas, pertenciam igualmente às três.

A casa quase não tinha mudado. Teto alto, vigas de madeira, as telhas de barro de onde as aranhas se lançavam ao vazio. O grande pomar com as suas árvores carregadas. O cheiro do marmelo. Minha mãe me recebeu com a sua sobriedade costumeira. Alta e esquia, o rosto lavado. Seus olhos desaprovaram o *piercing* no meu nariz, mas me abraçou e beijou muitas vezes.

Com todo o cuidado, me deitei ao lado da minha avó. Coloquei o rosto entre os seus cabelos, como antes. *Minha querida mamá Ana, eu tecia os teus cabelos enquanto dizíamos sonolentas: o mar, o mar...*

Mamá Ana sorri tranquila, tenta se levantar.

— Me deixem levantar, quero preparar o almoço. Faz tanto tempo que não ficamos juntas!

Pelo seu hálito, percebo que ela bebeu, me viro na cama e, com uma mão, encontro a garrafa entre os cobertores, a pego e bebo. Mescal para todo o mal... A avó ri, minha mãe finge estar distraída na horta. Mamá Ana levanta o indicador e limpa com cuidado o canto da boca. Então nos olhamos detidamente. Registramos as mudanças, minhas sobrancelhas depiladas, seu olho esquerdo menor que o direito, meu cabelo pintado de vermelho, sua palidez, o queixo pontudo, o *piercing*, a tristeza que não escondemos uma da outra. Minha mãe se aproxima. Vou para o lado e ela fica no meio. Pega as nossas mãos e propõe:

— Chega de frescura, vamos ver o mar.

Depois, um diálogo monossilábico. A vida inteira a gente se entendeu com poucas palavras. Colocamos no porta-malas o que nos parecia necessário. Elas se sentam no banco traseiro e eu arranco, com o mapa dos sonhos gravado na minha cabeça.

Três mulheres que nunca viram o mar, sob o domínio do seu enigma.

Era a primeira vez que mamá Ana saía do povoado. Meu avô disse a ela um dia, no mesmo dia em que ela lhe anunciou que estava grávida: *Ana, não me espere. Vou num barco, para o mar*. O castelo de areia que ele construiu ficou lá, com ela dentro dele.

No caminho, mais uma vez o pó como duas asas abertas.

Horas mais tarde, o ar guarda outros segredos. Com movimentos nervosos, elas olham em volta, tentando adivinhar de onde vem aquele cheiro de ar molhado, de onde vem aquele som que acaricia e machuca. No horizonte, ainda longe, uma enorme asa azul. Um céu em movimento. O estremecimento do coração: é medo, puro medo. Minha avó, minha valente mamá Ana, me manda parar com uma voz quase inaudível. Paro o carro na beira da estrada. Olho para elas pelo retrovisor, estão brigando, minha mãe tenta arrancar uma garrafa de mescal da mão da minha avó. Lembro, aliviada, da coca no porta-luvas, pego um pouco e esfrego na minha gengiva enquanto elas falam baixo para logo começar a gritar. Em náuatle. Para que eu não entenda nada. Minha mãe jura que eu não aprendi a língua porque não quis e não porque ela não tentou me ensinar com afinco. O que me lembro é que me contava como a castigavam na escola se lhe escapasse uma única palavra que não fosse em castelhano. E quando revivia a sua infância, também voltava o medo das surras. A raiva.

Cruzo os braços, elas se estapeiam, isso pode demorar bastante...

Vencida, minha mãe se joga para trás no assento. Fecha os olhos e finalmente diz:

— Ela não quer chegar. Diz que o seu coração vai parar de bater.

— Vó, como o seu coração vai parar de bater?

— Vocês duas me escutem: não quero saber do mar. Teu pai, teu avô, estão me escutando? Foi embora, quis ir embora. E pronto. Tô de saco cheio do mar!

O silêncio impera durante longos minutos. Está muito quente. Dou partida no motor para ligar o ar-condicionado. Para fazer alguma coisa, coloco os óculos de sol. A minha avó desce do carro com dificuldade, para uns passos à frente, procurando alguma coisa no horizonte. Minha mãe aproveita para pegar a garrafa de mescal, desce do carro e a arremessa longe, o barulho do vidro quebrado não distrai mamá Ana, submersa em uma linha de águas longínquas. De repente, levanta uma mão e a agita várias vezes, aliviada.

Adeus, muitas vezes. E volta para o carro acompanhada pela filha.

Se sentam afastadas e imóveis. Cada uma mordendo os lábios; seus corpos, um obstáculo para uma língua de fogo que nunca será a minha, refugiadas o mais longe possível uma da outra. Olham para fora pela janela, uma paisagem sem igual. Como são parecidas.

Arranco e dou meia-volta.

— Mamá Ana, como se diz adeus em náuatle? – pergunto enquanto coloco um cigarro entre os lábios.

Antes de receber a resposta, minha mãe arranca o cigarro da minha boca.

A SOLIDÃO NOS MAPAS

ELE FAZIA MAPAS de lugares remotos, quase desabitados. E de alguns outros, cujos moradores nem sequer sabiam o que eram de tão longe que estavam.

Eu fazia as perguntas do censo e ele situava tudo no mapa. Nos designaram aquele povoado e empreendemos a viagem de três dias, um deles a pé. A primeira coisa que avistamos foram os muros azulados das casinhas de pau a pique. Era estranho e bonito, lhe disse. Ele respondeu: "Tem alguma coisa na terra, um pigmento natural".

Os meninos que nos receberam estavam quase nus. Como se eles se alimentassem da terra, as suas peles também eram de um discreto tom azul. Dava para perceber mais em uns do que em outros. Todos eram pequenos e estavam desnutridos. Os seus olhos escuros refletiam como éramos diferentes deles. Os olhos deles eram desertos, pontes queimadas, um mundo abissal. Dei graças a Deus por estar longe daquilo, mas logo fiquei envergonhada. A nua miséria daquelas crianças. Perguntamos onde estavam seus pais: muitos tinham ido para o norte. Não tinham notícias deles. Eram crianças sem lar, uma tribo estranha, quase sem adultos, apenas alguns velhos entediados que os deixavam fazer o que quisessem, que crescessem se conseguissem, que o mais forte sobrevivesse.

O censo tinha perguntas impossíveis de serem feitas. Também não conseguíamos fazer a contagem de todos, muitas crianças não estavam no povoado, assim chamavam esse punhado de casinhas em ruínas. Voltariam no dia seguinte, tinham ido para a escola que ficava longe e dormiam por lá. Escola uma vez por semana. Se não fossem picados por uma cobra, nos disseram, voltariam. Tivemos que passar aquela noite lá.

Ele me perguntou se eu gostaria de ter filhos.

Não respondi.

Entramos no quarto que nos emprestaram para dormir. Tirei a roupa para passar o repelente, as pulgas já estavam me machucando. Lhe emprestei o meu frasco e vi que ele tinha uma ereção.

Não era a primeira vez que viajávamos juntos. Mas era a primeira que precisávamos um do outro.

Me levantou e me deitou na esteira. Uma vela dentro de uma garrafa vazia de Coca-Cola iluminava o ambiente. Eu preferi fechar os olhos. Começou a deslizar as suas mãos sobre a minha pele sedenta, me fazia rir, brincava com os seus dedos dentro de mim. O escutei dizer:

— Olha – nos seus dedos tinha alguma coisa branca, viscosa, que esticava enquanto ele juntava e separava o polegar e o indicador –. Você está ovulando.

Dei um meio sorriso. Ficamos quietos. Um magnífico concerto de grilos. Nossas sombras se projetavam no teto e nas paredes de pau a pique.

Pensei naquelas crianças tão semelhantes a animais, nos seus sorrisos fáceis, nas suas mãos calejadas. Crianças?

— Não me deixe pensar – estendi os braços na direção dele. Minha língua já estava na sua boca, minhas mãos procuravam a sua alma, seu olhar no meio daquele mundo perdido.

Acordamos doloridos. Meu repelente não tinha sido mais forte que a fome dos insetos, estávamos cheios de picadas. Lhe dei um pente para que desembaraçasse o meu cabelo, ele o prendeu com um elástico e beijou os meus olhos.

— Pareço uma mulher grávida?

— Você parece uma náufraga.

A porta abriu de repente. Uma menina descalça atravessou um raio de sol empoeirado. Devia ter onze ou doze anos. Era uma das mais azuis. No seu ventre, já carregava outra criança. Nos perguntou se ela valia por dois.

117

A MÚSICA DA MINHA ESFERA

Still waiting to meet a girl that listens to this band.
Man, that would be sweet.
Lido no YouTube

QUEM CARREGA OS VIÚVOS É O DIABO. Há uma repulsa por trás dos gestos compassivos com os quais nos consolam as demais pessoas. Não foi apenas a tua desaparição do mundo. Com você, também se foram pessoas, amigos que não queriam me ver porque se lembravam de você e sofriam. Se dissiparam objetos queridos, como os livros e os discos que precisei guardar ou dar, pois não suportava a presença deles; eles tinham sobrevivido e zombavam de mim.

Abri a caixa de Pandora. A urna na qual guardei todos os nossos discos. Passaram tantos anos e, hoje, a raiva e a coragem guiaram as minhas mãos, arranquei a fita marrom, saiu pó, tossi, encontrei uma barata morta em cima do *Without a sound* do Dinosaur Jr. Você não teria deixado que ficassem tão empoeirados. Já teria todos eles em um iPod. Mas você já não está aqui e eu precisava fazer alguma coisa com isso.

Escutar música se tornou insuportável. Mesmo que eu soubesse perfeitamente quais eram os seus discos e quais os meus, não consegui estabelecer uma separação entre uns e outros.

Um ser mutilado não é mais um indivíduo.

Esta caixa de papelão, tão acabada, é uma máquina do tempo. Nela realizo uma travessia acidentada. Em quantos movimentos?

00h38. A artilharia pesada do Control Machete. Um barulho surdo. Uma avalanche nos Alpes. Queda livre no Aconcágua. Um raio dividia a terra. E o mundo era outro. Aconteceu em segundos. Quando entrei no banheiro, achei que você estava brincando. Que fingia estar desmaiado. Fiquei parada na porta. Teu corpo nu, tão branco. Então me aproximei, ainda achando que você estava brincando, principalmente quando saiu da tua garganta aquele barulho, uma espécie de grunhido. Estertores, o médico esclareceu depois. Te chamei. Não tive resposta. Um redemoinho furioso invadiu esta casa que éramos nós dois. O Control Machete continuava tocando num volume alto. Não, você não respondeu. Corri para o telefone, no caminho dei um esbarrão no toca-discos, pensei que tinha desligado, mas apenas mudou de disco. Começou a tocar *Where did you sleep last night*, do Nirvana.

Os discos. De repente penso que as tuas digitais ainda estão neles. Dizem que nenhuma é igual a outra. Esses labirintos poderiam mesmo indicar quanto tempo você ia viver?

Nos meus ouvidos não entra nada. Não sei se Kurt Cobain, irritado, se contorce de raiva e ciúmes porque ignora onde a sua companheira dormiu. Algo incrível está acontecendo comigo. Não sabia o que era ser mãe até aquele momento. A dor me divide no meio, uma dor sem limite. Meus ossos se abrem, os pulmões explodem, sou dominada pelo cheiro do sangue. O grito fica preso na garganta, onde mais machuca, onde nunca descansará. Quero te prender. Quero te guardar para mim. Te abraço até com as pernas, quero te envolver, quero que você entre no meu ventre. Ali está você, nu no meu colo. Você é a última pessoa. E o primeiro dom divino.

Sinto esse sopro de ar que significa a vida saindo do teu corpo. É um deslizar em águas profundas.

Você vai.

Agarrada a você, me pergunto, tenho apenas essa pergunta, sem fôlego, sem perdão: onde você nascerá?

Eu encontrei o disco que estava procurando. Acho que abri a caixa por isso.

Sim, desde que você partiu não durmo bem, ninguém me toca, não escuto música e gostaria de ter uma ovelha sem alma

a heart thats full up like a landfill

e precisava tanto encontrar um ritmo, uma melodia para estes dias

you look so tired _nhappy,

acho estranho que o espelho não revele o cansaço que eu carrego

Insólito não parecer mais velha

this is my final fit, my final bellyache, with

falavam como era surpreendente você ter morrido tão jovem. Tanta vida pela frente!

i´ll take a quiet life, a handshake some carbon monoxide

E eu sem saber o que fazer da minha vida dali para frente

no alarms and no surprises

silent

Quando os paramédicos chegaram, eu não conseguia te soltar. Estava encrustada em você, que pela primeira vez não me devolvia um abraço

no alarms and no surprises

não me devolvia o que eu jamais terei de novo, não importa quanto tempo eu viva:

no alarms and no surprises
a ilusão de um presente perpétuo. Agora sei que acaba
please
Sempre acaba
no alarms and no surprises
no alarms and no surprises
please

Chega o tempo em que você decide como olhar para trás. Com que roupa vestir os mortos. Você não chegou a saber que neste lado do mundo Kurt Cobain se suicidou. Os conspiradores acham que Courtney é a assassina. Thom Yorke também foi promovido a viúvo. Talvez, em breve, a morte possa ser adiada. Hoje vi na televisão que clonaram duas ovelhas com o método Dolly. Só precisaram de algumas células. Um dia, tudo será possível. Quem sabe encontrem uma maneira de clonar a alma, cuja ausência parece ser a grande falha do experimento. Que deem outra alma para o Kurt. Ou para mim. Por favor.

SOBRE A AUTORA

Socorro Venegas é escritora e editora. Recebeu o prêmio Nacional de Conto "Benemérito de América", o Prêmio Nacional de Novela Ópera Prima "Carlos Fuentes" e o Prêmio ao Fomento a Leitura da Feira do Livro de León. Seus contos foram traduzidos para o inglês, francês e português além de figurarem em várias antologias. Atualmente é diretora de Publicações e Fomento Editorial da UNAM e escreve a coluna "Modo Avión" na revista eletrônica de literatura *Literal Magazine*. Publicou os romances *Vestido de novia* (Tusquets, 2014) e *La noche será negra y blanca. A Memória Onde Ardia* é seu primeiro livro publicado no Brasil.

SOBRE A TRADUTORA

Nylcéa Thereza de Siqueira Pedra é professora no curso de Letras da Universidade Federal do Paraná. Atua principalmente na área de ensino de espanhol como língua estrangeira, suas respectivas literaturas e tradução. Como tradutora literária, já traduziu para o português obras contemporâneas da literatura espanhola e hispano-americana.

Este livro foi produzido no Laboratório Gráfico
Arte & Letra, com impressão em risografia
e encadernação manual.